我把妳當閨密，妳卻只想上我

希澄 著

My Bestie,
My Lover.

Contents

目次

第一章

不妙，真的不妙。

這可能是我這二十三年來面臨的最大危機。

不不，我不相信枕在我胸口上睡顏像天使一般的女人真的是她，這肯定是我喝太多產生的幻覺。

我覺得不行，真的不行。

不是……我們也不是沒有一起睡過，不，我的意思不是那種睡，是清清白白——算了，當我沒說，總之沒睡！沒睡過！

「一大早吵些什麼呢……」慵懶的嗓音繞過耳際，兩條藕臂虛虛掛在我脖子上，那條我羨慕忌妒恨的大長腿跨到我腰上晃啊晃，我默默拉高薄被想遮掩，誰知她一腳踹開，又往我胸口蹭。

「……你他媽給我起來解釋。」

「我媽在加拿大，他媽是誰我不知道，至於丈母娘我等會給她請安——」

「……誰媽媽是妳丈母娘？」

「妳媽啊，妳連妳媽都不認識？」她憐憫地看著我說：「唉呦，我老婆真可憐啊，沒關係，有我在呢。」

我氣得一口老血險些噎死自己。

我瞪大眼，「妳說什麼瘋話？誰媽媽是妳丈母娘！我不認！」我開始掙扎，誰知她雙手抓住我的手腕往上拉高，慢悠悠坐到我小腹上，我眼神死。

「蘇——」她伏下身，我覺得身上正上演什麼山崩土石流之類的，幾乎要壓死我了好嗎！蘇什麼蘇！聽聽那柔媚的語氣，瞬間讓我全身起雞皮疙瘩！

「妳總得讓我負責。」她笑吟吟的嬌顏在我眼前，她點了下我的鼻尖，「對吧？」

「誰要妳負責！不是——妳要負責個屁！我倆什麼事都沒發生！」

她瞬間委屈，癟嘴說：「妳都對人家這個那個了，妳這沒良心……」

「臥槽，妳別搶我臺詞！」

她一臉明亮，歡快道：「對啊！妳這就是認了。妳不能因為我喝多了，就原諒我上了妳對吧？所以我該拿出誠意以身相——」

我趕緊摀住她的嘴，免得她再顛倒是非，把我套入她文字陷阱裡。她是中文系畢業的，文字邏輯比誰都強，搬弄重組她最會，我簡直兵敗如山倒……

然後，我捕捉到了關鍵字：上我。

這驚得我不要不要的。

「誰給妳上了！」原諒我跟著降低格調，此刻我在風中凌亂，一點記憶都沒有。

但我特別堅定，我倆是清清白白的好閨密。

閨密再好也不會上來上去的好嗎！

「沒有上來上去啊，妳是在下面那個。」她側過身，單手撐起撥了撥髮，食指在我鎖骨劃來劃去，「妳怎麼會有自己不是受的錯覺呢？」

臥槽，簡直人神共憤。

「妳這人……」我承認我就是激不得，要不也不會她一撓我就反撲上去。我昂了昂下巴，「現在誰在下面？」但我也沒能得瑟太久，她睇起妖嬈的眼，蕩漾些許深意，我還沒來得及捕捉她眼底狡黠，她的手便滑了過來。

「嗯，我在下面。」她推開我試圖阻擋的手，我只能努力捍衛我的胸部，拚命推阻，「妳別亂摸，現在是要演《葉問》嗎？」看看我倆的手在空中進行的攻防戰，這不是《葉問》是什麼！

「我們不演《葉問》，演《色戒》。」

話落，她猛地起身，把我抱得滿懷，雙手在我後背上下撫摸，「看來妳真的不記得……那我只好幫妳恢復記憶了。」

誰要讓她恢復我什麼記憶！

她扣住我後腦，溼熱又柔軟的舌滑了進來，我「嗚嗚」悶哼幾聲，舌頭被她纏著不放，有點麻，麻癢中我感到一絲熟悉……

……等等，還真有點熟悉。

「小蘇，妳看看妳，真色，舌頭伸那麼出來……」

幹！那昏暗中的畫面我真的有印象！讓我死了算了！

她舔了下嘴角，嘖嘖兩聲，瞇了瞇眼，「跟昨晚一樣美味呢，小蘇。」

用枕頭悶死我，拜託。

「……妳真的上了我是嗎？」由於我想起一些不該想起的畫面，使得這荒唐的事情多了幾分可信度。

她不答反笑，「妳猜啊。」脣又壓了過來。

這次我學聰明了，一把抓起旁邊的東西往我倆中間塞！我才正要得意的哼哼兩聲，便覺得這東西哪兒不對勁……

她兩指捻起邊緣，挑眉看我，「我都不知道妳有這種癖好……妳有這麼喜歡妳的內褲，喜歡到要讓我親一下嗎？雖然我的確是與它親暱接觸過。」

我趕緊奪回內褲推開她，「笑什麼笑！」我瞪了她一眼，背對她手忙腳亂地穿好穿滿，忽略她那句「還不是會被我脫掉？」

妳知道的，士兵上戰場前也會穿戴整齊地赴死，我既然找到了內褲當然也開始找起其他衣物。

我在她含笑的視線下找到了短褲、上衣，就是沒找到胸罩。

「我的胸罩呢？」我凶她。

「藏起來了，太礙事了。」

「妳這女人——」

「小蘇啊。」是我家皇太后！

我趕緊穿上T恤，瞪著渾身一絲不掛在床上打哈欠的她，只能拚命用薄被掩住她玲瓏有致的身材邊喊：「媽，幹麼啊？」

「我在樓下聽到樓上乒乒乓乓的，想說就上來看看。妳們在打架是吧？要是起床了就說一聲，我做早餐給妳們吃。」

「我們的確是在打架。」她依在我耳邊低笑道：「床上打架。」

我趕緊跳開，瞪她，「妳吃屎吧。」

「吃妳。」她伸手攬過我的腰，我一個重心不穩跌往床，朝她懷裡撲。

她摀住我的嘴朝門口說：「阿姨，抱歉，讓我們再睡一會好嗎？」她不疾不徐道：「等會陪您去買菜呀。」

妳說話就說話在我身上亂摸是怎樣！

「好好好，妳們多休息，別吵架啊。」

我家那太后是外貌協會，對她可好了，聽她說個幾句就下樓了。我也不知道自己為何鬆口氣，明明沒事！就是她、她……

「妳不介意我先享用早餐吧？」她跨坐到我身上，手摸進衣襬，「嗯？」

「妳去——」吃屎兩個字還沒說出口，門鎖倒先動了。

「姊——」

喊那聲「姊」的人其實有兩個人，一個是我嘰哩呱啦的少爺弟弟，另個，則是沉默不語的女王妹妹。

我有對雙胞胎弟妹，好一個龍鳳胎，這事等會再解釋。

「姊……」少爺弟弟不可思議地看著我，特別天真地說：「原來妳是下面那個。」

「姊姊怎麼可能是上面那個。」女王妹妹淡淡地答腔。

「去你的！」我抓起枕頭朝他們扔過去，「我是暫時位居下風……不是！你們吃驚的點錯了吧！」我被閨密壓在床上這事，才值得吃驚好嗎！

「哦，周姊的身材一向驚為天人，沒什麼好——痛痛痛！妳拿衛生棉扔我做什麼！」

難不成拿內褲扔你嗎！

我死命推著弟妹出房門，覺得心好累。我瞪著門，想著等會怎麼跟他倆解釋。

「小蘇。」一雙手不知何時擦過我的腰側，我猛地回頭，便見到周翊低下頭來，勾起脣角，「去穿衣服，我跟他們解釋。」

「妳說話就說話，膝蓋蹭我大腿做什麼？」

「看到妳白嫩的長腿就想蹭蹭摸摸，怪我嘍？」她攤手微笑，笑得可真迷人，這鍋怎麼能甩得這麼乾淨？

「我以前怎麼都不知道妳是個變態。」我翻個白眼。

「變態？」她瞇起眼，忽地壓身湊近我，「嗯？我到現在都還沒對妳幹麼妳就覺得我變態了，那等我把妳這個再那個然後再——」

「妳還是別說話了。」我連忙用手摀住她的嘴，免得自己聽到髒東西。

我怎麼覺得一覺醒來世界全變了？

明明昨晚公司聚會前，她還是那個漫不經心卻又極致美麗的閨密，等再次睜開眼竟化身對我上下其手的大野狼，這中間是發生什麼事了？我不明白啊。

「小蘇。」她站到我身後，我回神，便見到鏡中的她兩手伸到我胸前，一個滑進，「妳看妳發什麼呆？這都沒喬好。」

所以她就自己動手幫我喬奶，非常自動，真棒。

我想不明白她的轉變，我也想不透我沒少見過她裸體，可為什麼如今見了我竟感到害羞？

我絕望。

「欸。」

「嗯？」

「我們兩個該不會真的……」

周裍恰巧彎腰替我扣上背釦，我沒見到她表情，只聽到她的笑語：「真的怎樣？上了妳嗎？」話落還舔了下我的背，害我全身起雞皮疙瘩！

我跳到一旁警戒地看著她老神在在的笑臉，我該生氣的，可莫名感到無力，也有可能是我已經被她搞瘋了，沒力氣撒氣了。

她朝我張開雙臂，「小蘇，過來。」

我當然沒對她投懷送抱，只給周祤來個撲空抱抱。

「小蘇。」周祤的嗓音沉了幾分，聽上去很不爽，「妳這是從我的全世界路過嗎？」

「哇，周祤，妳中文造詣真好！特別有梗。」

在她撲過來抓人前我趕緊開門，讓在外等候一會兒的弟妹進房。我原本是想看到周祤出糗，誰知她不過是坐到一旁沙發椅上，雙腿優雅交疊，美麗而端莊，脣角弧度無懈可擊，「早安，小朋友們。」

這個雙面人！上一秒還想抓我胸部，下一秒儼然鄰家好姊姊的模樣——要是眼神能殺人，周祤肯定被我瞪得千瘡百孔！

「周姊。」少爺弟弟見她也得乖巧幾分。

「周姊姊。」女王妹妹就不用多說了。

我讓少爺弟弟和女王妹妹進房，是怕皇太后先一步抓他們去問話，那我還要不要嫁出去！

我暗地跟周祤使了個眼色，不過很顯然的，周祤不會讀心術，視線掃我一眼，突地起身，在我們蘇家三姊弟驚愕的視線中來個九十度鞠躬。

我一個震驚，嚇到差點吃手手。

「周、周姊？」少爺弟弟直接從椅子上跳起來，一向波瀾不興的女王妹妹也難得呆了下。

我捶胸頓足，真想拍照留念。

「請將你們的姊姊交給我。」

臥槽，這什麼發展？現在是在刷我三觀還是？

「周姊！妳不要想不開啊！」少爺弟弟先上前抱人大腿，「我姊姊耶！那廢柴欸！妳不要犧牲小我完成大我到這種地步！」

平日真是白疼這弟弟了。

我才正要上前，我那女王妹妹倏地起身，我期待著她能說出什麼正常的話，誰知她竟然跪下行大禮！

「周處除三害，我明白。」女王妹妹如是說。

「不不，妳起身。」

「妹妹！我陪妳跪吧！」

於是眼前三個人都跪下了，好喔，所以我也該一起跪的樣子……於是我跪了，懵逼。

「姊，妳不說些什麼嗎？」少爺弟弟一把眼淚一把鼻涕，沉痛地看著我，彷彿我是什麼大惡人似的。

「說啥？周翊只是在開玩笑好嗎？」我挖鼻。

我那鼻屎都還來不及往弟弟身上抹，眼前龐然大物……稱金髮尤物也行，排山倒海而來。我兵敗如山倒，向後倒，忘記收腳腳。

「唔、周！唔唔……」其實我是想告訴她能不能先讓我雙腿放平？她不理。

拜託！要驗證妳的決心有很多種方式，人生不是只有親摸脫插送好嗎！

「妳們吵什麼啊——」

門再次打開時，我倒抽口氣。映入眼簾的，是皇太后一臉懵逼。

「……妳們在玩扮家家酒啊？妹妹妳在演大法師？不錯，挺像的。」

我暈，頓時覺得人生很難。

❤

這事解釋起來真的挺複雜的。

「不複雜啊，就是我們這個那個了。」周禰笑容邪佞。

還真感謝她在我弟妹面前懂得修飾，不過要是她能還我清白、撇清關係我會更感謝她的。

我家那個皇太后啊，上來要我們下去吃早餐便下樓了。對我來說沒什麼比吃的更重要，前提是別噎死。

「咳、咳……」我差點死於蛋餅之下，真是有驚無險。我滿是憤懣瞪向始作俑者，「講什麼東西！不對……我突然想到，妳怎麼在我家？」

「現在才問這問題？」周祤一臉「這裡有個傻逼」的眼神。

「妳奶奶的！不就某個人把我搞瘋搞到正事都忘了！」

「我奶奶很好，不用妳問候——嗯，兩個都很好。」周祤一邊說，一邊掂掂自己的胸部，神情認真地對我說：「妳想檢查嗎？」

「我不想！」我崩潰。

「姊，妳真一點印象都沒有了？」對面的小少爺一邊咬筷子一邊狐疑地看著我，「一咪咪印象都沒有？」

「別咬筷子。」我邊伸長手拍掉他嘴裡的筷子，邊沒好氣地說：「我要是知道還用問嗎？難道是我喝多了？」

誰知我一問出口，對面的少爺與女王極有默契地把眼神別開，我疑惑，正要轉頭問周祤，她卻只抽了兩張衛生紙在我眼前晃，「嘴角沾醬油膏了。」

「哦，謝謝。」我正伸手拿，誰知手腕被人抓住，一股力量往前拽，我沒個防備地前傾，溼熱的舌往我嘴邊舔！

我一抖，從椅子上跳起來赧然瞪她，「周祤！妳不要臉！」

「要臉，特別要臉，我靠臉吃飯呢。」周祤愜意地將剛抽的兩張衛生紙往自己嘴邊擦，「我抽是抽了，但沒說給妳啊。」

「妳、妳……」我氣結。

「姊。」少爺不知何時繞到我身後，拍拍我的肩膀道：「放棄吧，妳鬥不過周姊的。」還用默哀的眼神看著我是怎樣！

女王在旁點頭附和，順便補槍：「有些事情躺著就夠了。」

「什麼？」

我還沒跟上她腦袋迴路，倒是周祤那王八蛋慢悠悠地收著餐具與女王妹妹一搭一唱：「是啊，所以我手很痠，小蘇妳來洗碗吧。」三人就這麼把餐盤塞到我懷中，我一陣淒涼。

「到底誰才是你們姊姊！」我朝著那兩個沒良心的高中生背影啐嘴。

「妳啊。」少爺回頭，給了我一個特別天真無害的笑容，「聽大嫂的話沒錯啊，妳也要多聽老婆的話。」

「誰是妳們大嫂！」我差點把碗盤給扔了出去。

我頭疼，認命洗起碗來。

說是這麼說，但他倆剛才的反應實在有些不尋常，像是瞞著我什麼事似的……

不過除了我醉到不省人事外，我實在想不到其他原因。至於昨晚的聚餐，其實我也只記得五、六分。

我不確定昨晚到底有沒有叫周祤來扛我回家，不過 LINE 的確有昨晚的通話紀錄。

我佩服自己喝醉了還能開 LINE 打電話，可我跟她說了什麼，就真的全忘了……

啪噠、啪噠。

聽這腳步聲，肯定是周翖。

隨著她走近，我的思緒愈是雜亂，晃了晃腦袋，也沒能把早上那畫面逐出腦海，這一想是愈來愈鬱悶。

「小蘇。」周翖笑吟吟的嗓音湊在我耳邊。

我關上水龍頭，嫌棄地瞥她一眼，甩甩手，卻倏地被她握住。「幹麼？」我瞇起眼，自認很危險的那種。

然而周翖只是揚起唇角，笑容邪魅，「怎麼？近視啊？還是想看我看得更清楚些？」手一拽，我往前傾，連忙用手擋在我倆中間。

周翖輕笑，我有點惱火，為她這輕鬆的態度感到煩躁，便咬了口她，「還笑！」

周翖鬆開手，我兩指捏上她那逆天的美麗面容，一邊揉一邊問：「說，我的貞操到底還在不在？」我一點印象也沒有啊！

周翖眉梢一抬，輕鬆撥開我的手，摟了下我的腰，眼底泛起一絲笑意，「妳說呢？」

我直接翻個白眼送她。

我認識周翖也這麼久了，她只要遇到不想說的事情，就會這樣顧左右而言他。

好啊，不說是吧？我推搡她一把，往客廳走不理她，心裡鬱悶。

「小蘇。」周翖跟了過來，「我沒有打算不負責啊。」

臥槽，重點是這個嗎？

沙發前，我停下，回頭瞪她，深吸口氣後說：「妳上了我是不是？妳上我幹什麼？」這是很值得探討的問題好嗎！

周裀忽地雙手攀上我肩膀，一個使力，我往後坐。還來不及反應怎麼回事，周裀就跨坐到我大腿上，雙手摟住我的脖子，忽地軟下身子貼著我的頸窩低語：「被我上不好嗎？」

「哪裡好！」我想推開她。

周裀卻摟緊我，語氣歡快，「我喜歡妳啊。」

「誰信啊！」

周裀忽地拉開距離，雙手捧起我的臉，凝視我，那深深的眼神令我有些悚然，才想問她是不是中邪了，她開口道：「是我不行嗎？」

……是這個問題嗎？我想吐槽回去，卻發現周裀好像是認真的，我揉揉眉心，「昨晚到底是……不是啊，怎麼可能？我們都是女生……」

什麼喜歡，都是不可能的啊。

「是女生所以不行嗎？」周裀一臉委屈。

好啊，就說長得好看的人有優勢，她不過癟癟嘴，我胸口的鬱悶隨即散了些，軟下語氣道：「周裀啊，妳是周大女神，怎麼可能喜歡我？一堆男生追著妳跑，怎麼也輪不到我啊！」更何況我也不喜歡妳啊。

彷彿是從我眼神讀出了這句，周翊輕咬下脣，瞇了瞇眼，「他們喜歡我有什麼用？全世界就妳不喜歡我。」

聽聽那嬌嗔的語氣，我一時間也不知道是無奈多一些，還是震驚多一點，還想說些什麼，腳步聲便從樓上傳下來，我嚇得帶著周翊連滾帶爬跳下沙發。

我推著她急說：「別讓皇太后看到！妳走，我掩護妳！」周翊在這跟我膩歪，我可沒膽讓皇太后見到，而且我也不想被皇太后誤會！

「別急，我不介意被妳家太后看到，她要聽解釋可以來找我。」周翊對我眨眨眼。

我差點沒忍住貓一拳下去，「我倆沒什麼，不需要解釋。」我正氣凜然地說。

可我這份正氣傳到周翊那兒就成了邪氣，「不過就是睡過，的確沒什麼。」

「妳……」帳還沒跟周翊開始算，餘光瞥見皇太后的身影，我下意識將周翊塞到沙發後，轉頭掛上乖巧笑容朝著皇太后說：「媽！妳找我幹麼？」

「有沒有見到小周？她跟我約好要去超市的啊。」

我才正在想這匹大野狼就蹲在我身後，誰知周翊那王八蛋往我臀上一摸！我差點沒嚇得往前撲。

「怎啦？不會站到腿軟了吧？」

「妳跟阿姨說我不在。」

她倆是同時與我搭話，不過周翊是用只有我倆聽得見的音量說的。

我想著要把周翊抓出來戴罪立功，她的手卻開始不安分地從我的小腿撫摸至大腿，威脅說：「妳要是不照做……我就帶妳滾遍妳們家每、個、角、落。」

警察！這裡有流氓！

我堆起滿臉違心笑容，朝皇太后說：「周翊剛剛出去啦……」

我一邊說，周翊一邊在底下忙著，忙著分開我雙腿，我那個心驚膽戰是無法用言語形容的。

「好吧，那我們來聊聊。」

臥槽，皇太后就這麼坐到沙發上好整以暇地看著我說：「情人節剛過，連妳弟妹都有巧克力了，就妳沒消沒息的，真沒出息。」

我這狀態哪管有沒有出息，我只知道自己彷彿在演三級成人片！

♥

我的名字是蘇懿茜，一個幼稚園練習寫名字，寫到讓我想造反掀了這皇太后的名字。

我想哭啊，真的。

那個「懿」啊！寫到我都懷疑我是不是我娘親生孩兒，取這麼一個筆劃一堆的名字是哪裡抽了！

結果，還真是抽了。

「哦，我分娩那天差點成了妳爸忌日。」皇太后愜意地邊吃芭樂邊說：「誰要他搞出來的。」

妳這樣說妳丈夫好嗎……

據說分娩那天是這樣的。

我是家裡第一胎，我娘堅持自然生產不要剖腹，她跟她子宮在那兒拉鋸，嬰兒臨盆時是最疼的，疼得她都要謀殺親夫了。

「蘇！俊！衡！你去死吧！我幹你娘的爸的爺爺奶奶的阿公阿爸的……」

我爸忍著被捏疼的手臂與醫生打趣又憐憫的目光，尷尬地說：「那個……老婆大人您想玩多P別找家裡長輩啊。幹來幹去的，日後我怎麼見祖宗……」

「把你蘇家祖先全叫來見我！要不我去找他們來一輪吧！」皇太后薄汗涔涔，可真是大不敬啊……誰知下一句便爆出更驚人的話：「把你前任也叫來給我上！」

這嚇得我爸差點魂飛魄散，結結巴巴：「我、我前任是女人啊親愛的……」

「你以為我真要跟你這臭男人嗎！把她給我叫來，跟她還不會懷孕！疼死我了你怎麼不閹了呢！」

我聽著覺得無語，這百合種子能別在生我時撒下嗎……您知不知道二十三年後肚中的娃兒真百合花開了？還是被隔壁的採花賊給盜的！

我絕望。

皇太后繼續努力，在我半個身體出來時據說她仰天長嘯：「妳這肥娃這麼大隻幹什麼！誰把妳生得這麼大個的！」

就是您生的啊皇太后。

總之我呱呱墜地，健康得很。據說我爸將我小心翼翼地抱給皇太后時，她老人家臉上露出謎樣微笑，「我想好她名字了。」

臥槽，妳沒跟我商量啊！

我爸呆杵在那兒，聽她悠悠說：「懿茜，就叫懿茜吧。」

嗯，還有點好聽。

我爸不追問原因還好，一問差點吐血。

「哦，懿茜，我們家第一個欠我的孩子。」

有夠隨便！

我那個心情複雜不是一般人能懂的……但撇除我娘分娩時的失控，平日她與我爸可真相親相愛，這也是後來為何我有對雙胞胎弟妹的原因。

「寶貝，我捨不得妳這麼辛苦的生孩子。」我爸一手摟著我媽，另一手撫著她的肚子說：「下次生個雙胞胎，痛一次得兩個孩子！值得啊！」

不是啊！這麼隨便的決定好嗎？

「好啊，但你讓我歇歇。」我媽軟趴趴地倒在我爸懷裡，小鳥依人地說：「人家疼呢。」

妳要真疼就不會在生我時想上蘇家一輪了……長大後我聽爸媽回憶當年情況，忍不住吐槽滿滿是怎麼回事！

話說這麼一歇，他們就徹底修身養性了五年……

「懷雙胞胎不容易啊。」夫妻倆相偎在一塊，滿臉無辜。

對，要把做正事的房間全弄個成雙成對，從寢具、梳洗用具到床頭櫃上不知從哪搜刮來的風獅爺真的不容易。

我嘴角抽了下，「您看著風獅爺硬得起來嗎？」

皇太后一個嬌羞，粉拳打在她老公胸口上，「討厭，不然妳弟弟妹妹怎麼生下來的？」

這畫風驟變驚得我不要不要的。

總之我這弟妹就在我出生後的第五年生下了，據說是少爺弟弟先冒出來，女王妹妹緊接在後。

「哎呀，當初想弟弟的名字可真是煩死我了。」皇太后如此說，「妳想想啊，妳這弟弟是第二胎，名字中該有個『二』字，想什麼諧音都不對啊！所以我先想到了這名字。」

「什麼？」我好奇。

「爾康。」

「……」我扶額，「別玩爾康啊媽！」

皇太后一臉無辜，「總不能叫做噁心、惡魔吧……」

我幫弟弟擠幾滴眼淚先。

所以後來我媽就妥協了，以「孟」字為名，「蘇孟堯」成了我弟名字；我那女王妹妹更好取了，直接以「姍」為名，「蘇盈姍」便是我妹名字。

怎麼聽就我的特別奇葩隨便。

其實這本該是一段和樂融融又不失認真的母女閒聊——前提是沒有那個變態在我腿下胡作非為的話。

為什麼周裲能這般明目張膽呢？原因有三，請聽我細細說來——

一、皇太后坐的位子與沙發擺放位置堪稱精妙，不起身伸長脖子還真看不到底下藏了個人。

二、我是站著的，皇太后視線往上仰，不太可能往下盯。

三、周裲知道我很會忍，而她大概也有分寸……吧。

「噫！」

我操你的周裲。

「幹麼？我都還沒說到正題，妳就先亂叫了。」皇太后瞪我一眼。

而我只能傻笑帶過，總不能跟她說：「哦，因為妳女兒上邊跟妳講話，下邊給人亂摸。」

這麼羞恥的話我說不出口！

亂摸就算了，你他媽的周祤隨身帶著跳蛋是想死嗎！對！跳蛋！我就不信她有一秒三十萬上下的手速！不過跳蛋有一秒三十萬上下嗎？啊，管它啊！

我踩她的腳，笑容可掬。

誰知我手中忽然被塞個硬物，我偷偷翻開一看……

臥槽，現在跳蛋還有做成口紅形狀的嗎？有也別用在我身上啊！

她很快地從我手中抽走口紅跳蛋，與此同時皇太后向我搭話：「我說妳啊，交男朋友了沒啊？」

我一邊夾緊雙腿奮力抵抗，一邊說：「我看起來像是有男朋友的樣子嗎？」

皇太后上下掃我一眼，認真點點頭，「說得也是。」

「……」我為什麼要自取其辱。

自己親媽如此待我已經很厭世了，更讓我厭世的是周祤那東西在我臀上滑來滑去，非得這麼刺激就對了？

「您可以先擔心我嫁不出去這事、唔。」我連忙閉上嘴。

周祤從剛才到現在都只是在旁邊滑來滑去，我一提到這她立刻塞到腿縫裡，我當然是用力踩她表示抗議，誰知她握住我小腿，來回輕輕摸。

這女人……

「妳嫁不出去不是理所應當嗎？」皇太后一臉不可思議看著我，「妳怎麼會有自己有人要的錯覺呢？」

我要驗 DNA，現在、立刻、馬上！

「不過，隔壁的小周啊……」

我與周翊同時停下，我能感覺到她的屏氣凝神，我也是。

「就是——上次小周相親結果如何啊？」

我呆了幾秒才反應過來，「什麼相親？」周翊去相親我怎麼不知道？

瞧我一臉懵，皇太后幽幽地說：「妳居然不知道？妳不是很喜歡彭于晏嗎？」

「……周翊跟彭于晏相親嗎？」

皇太后嫌棄地看著我，那眼神彷彿我智商沒上線一般，我不服，她搶在我之前說：「聽隔壁的說，周翊相親對象長得像彭于晏呢，以為妳會去搶親什麼的——」

搶什麼搶，我根本不知道這件事情。

我瞄了眼忽然變得安分的周翊，都不知道要從她上我這件事開始算帳，還是她瞞著我去相親這事算起。

我知道周翊這人就是不愛說，很多事情都一笑置之，可這事能瞞著她最好的閨密我嗎？想到我就胃疼，搞不懂周翊的腦袋迴路。

「為什麼只有我不知道啊……什麼都搞不懂啦……」我鬱悶地咕噥著。這事我明著問皇太后，實則是質問底下的周礽。

「小周可能不好意思吧。」

周礽要是會不好意思就不會在您眼皮下拿跳蛋了好嗎。

「妳再怎麼樣也大小周六個月，多少關心下吧。」

我去，我才是那個該被關心的好嗎！

瞧我面色鐵青，皇太后自知問不出什麼，於是打個哈哈：「乏了，我要上去睡會，小周回來跟她說我找她一起買菜去。」

「知道了，她肯定不會漏聽的。」畢竟她人就在我腳……

奇怪，人呢？

一見皇太后起身背對我走上樓，我立馬低頭想找人算帳！誰知道她早已神不知鬼不覺的往後退，直接打開落地窗爬出去！

「周礽妳爬蟲類嗎！」我朝著她的趴姿怒吼：「你他媽有種就給我爬回來解釋！」為什麼她去相親我不知道！還有為什麼上了我！

見她拍拍屁股走人的瀟灑背影，我氣得都要吐血，很久沒這麼頭疼了。想起小時候，周礽就時常這樣翻牆進來我家，再偷偷摸摸爬回去。那時的周母管教小孩特別嚴格，尤其周家兩兄妹沒少吃過苦。

相較之下，我家就是一片自由的大草原，我們三姊弟都是羊，我家的教育方式就是放羊吃草。

皇太后秉持著「餓不死就好」的養育守則，任我們自己去飛。比起成績，皇太后更在乎我們能不能獨立自主，懂得與人相處。

一牆之隔天差地遠，其實我曾憂心忡忡地問過周翊，她會不會介意？她那時很誠實地這麼說：「介意，可是妳是我最要好的朋友，我討厭不起來。」

所以周翊妳這渾蛋上了最好的朋友，妳真好意思。

見周翊溜了，我翻個白眼，長嘆口氣，決定上樓洗澡去。一身酒味的，我自己聞著都受不了，虧周翊吃得下去……如果她真的上了我的話。

我腦中一團亂，心神不寧。我腦子就這點大，想不了複雜的事情，現在還滿滿的都是周翊。

走進浴室，我恍恍忽忽地脫下衣服，就想趕緊洗乾淨，誰知道這是悲劇開端……

我邊打開水龍頭等熱水，一邊在淅瀝嘩啦的水聲中回想昨晚的事。

我極少喝到完全斷片，但我真的只記得昨晚慶功宴氣氛歡快，同事都喝開了，包括我。

我自認酒量不差，畢竟周翊訓練過我。

但，然後呢……我怎麼一點印象也沒有？我覺得想哭。

手摸到溫水後我拉開簾子踏進浴缸，溫水灑下時，我閉上眼邊哼歌。洗澡真是最好的放鬆活動，還有高歌空間。

「我嫉妒妳的愛氣勢如虹，像個人氣高居不下的天后。妳要的不是我，而是一種虛榮，有人疼才顯得多麼出眾——」

「沒有，我要的是妳啊。」

「幹！」我一個震驚，腳滑往前撲，原以為肯定會一頭撞上水龍頭，結果我的腰被一隻手攬過，往後跌——

「想我嗎？寶貝。」是周裲那王八蛋笑吟吟地問。

「靠腰！」我掙扎，「妳怎麼闖進來的？啊幹，我家門鎖壞了我忘了。」一失足成千古恨！

「周裲妳個王……唔……」

我還沒算帳，她倒好，用嘴堵住了我。她的舌頭撬開我的脣，再滑進，捲起我的舌勾纏，又麻又癢。我後退，她便前進，脣舌追逐，直到把我逼到了浴缸牆角，她才稍稍退開，低頭額抵額低笑，「我幫妳洗乾淨不好嗎？」

我死命用雙手捍衛在胸前，朝她怒道：「好個屁！妳到底想幹麼？妳想死吧？」

「做愛做到死也是挺好的。」她勾起脣角。

「妳自己自慰到死吧！跟妳的跳蛋一起！」我從她手下鑽出，雙手才剛攀到浴缸邊上，她一手攬住我的腰，另一手抓住我的手臂不讓我逃走。

「妳到底有什麼毛病……」我撥開被水珠沾溼的瀏海，哀怨地看著她，「妳……」

周裲不語，將長髮撥攏至右肩，上頭的水柱仍舊嘩啦嘩啦地灑下。她挺直腰桿，浸溼的襯衫貼合曼妙的曲線，她拉過我的手摸往她臉頰。我這才發現她指尖冰冷，體溫略低。

那雙妖嬈的美眸微微瞇起，緊盯著我瞧，「我相親，是為了妳。」

「關我屁事。」我嘴上是這麼說，但仍舊好奇的追問：「怎樣？妳別再拿奇怪理由搪塞——」

「那相親是給妳辦的，我不要妳嫁給別人，所以我去可以了嗎？」

「什麼？」我腦中轟然巨響。

周祤無奈的看著我，「那是我爸朋友介紹的，說要給妳試試，我才說我有興趣，我去。」

原來是這樣……但這可不代表我原諒了她。我雙手抱胸，再問：「相親結果如何？」

「就一般。」周祤一臉興趣缺缺，「妳對我有興趣就可以了。」

「誰對妳有興趣！」

「那男的也只有臉蛋能看。」周祤嗤笑，「長得像彭于晏了不起啊——」

我一個震驚！

「幹！這很了不起好不好！」我抓住她雙肩使勁搖，「彭于晏欸！彭于晏！妳不要半路攔截我的彭于晏啊——」

「『妳的』彭于晏？『妳的』？嗯？」她指尖劃過我的臉頰，嫣然一笑，「怎麼？妳喜歡那型的嗎？怪我嗎？」

「呃……」我身為人的求生本能忽地暴漲，這本能告訴我眼前的周祤大魔王很危險，超級危險……

「小蘇啊小蘇。」周弻步步進逼，還頗有環保意識的關上了水龍頭。

我被逼得往後退，「別，您誤會了。」

周弻伸長手，往我身後的沐浴乳瓶擠壓兩下，「妳在洗澡是吧？我就大發慈悲的幫妳洗。」

她一邊笑，一邊在兩手手心上搓揉泡泡。

那笑容笑得我心裡發寒……

第二章

這是我洗過最絕望的一次澡。

周祤是萬萬惹不得的毒蠍，這是公認的事實。別被她美麗到逆天的外貌給騙了，會死很慘的，真的。

我與周祤一路從幼稚園同班到大學才分開，國中大抵是受同儕影響最嚴重的時候，我在旁看過她怎麼整慘那些曾霸凌我的女同學們……現在想來仍是慫，我幼小的心靈受到一百萬點傷害，怕.jpg。

回想起那次莫名其妙被霸凌的原因，到現在我仍一頭霧水，我從小到大都是這樣笑得沒心沒肺的樂天個性，特別容易跟男生打成一片，女生的小鼻子小眼睛我真敬謝不敏，人生已經很難了，非得這麼複雜嗎？

「是啊，妳這身材跟男生站在一塊完全不違和。」周祤笑說。

我翻個白眼給她，手肘攻擊。

「不過。」周祤那時一把勾過我的脖子，笑容森冷，「我的人只有我能欺負，別人憑什麼動？」

我當時還亂感動一把的，現在抹上些許曖昧色彩後，我只覺得雞皮疙瘩掉滿地。

老實說，我還是不相信周祤喜歡我。

周祤！那個女神周祤！我最要好的閨密啊！

但眼下的狀況實在很難再讓我掩耳盜鈴、自欺欺人，我實在很想與她正襟危坐，促膝長談關於人生這事。

前提是彼此穿戴整齊，而不是這般袒裎相見好嗎！

「小蘇。」

周祤在浴缸旁不疾不徐地脫下溼透的衣物，姣好的胴體在氤氳白霧中迷人而危險，她慵懶地瞧我一眼，「妳不用盯著門想逃跑了，我進來前把門鎖上了。」

……這城府極深的妖孽！

我趴在浴缸邊上，瞅著她，愈發覺得我倆是不是真搞上了？我哀怨道：「周祤啊，我覺得這樣不對啊，妳這樣強銷強賣我覺得不行。」

柳眉一抬，周祤滿臉不可思議的看著我說：「妳都滯銷了，我這是做功德。」

「……我也是有競標價值的！」

「例如？」

她彎腰脫下內褲的同時我遮住眼，「像是彭——咳、總之這世界上總有別的人喜歡我啊！」

她收回銳利的視線，哼笑，「妳哪知道別人喜歡妳了？妳要是真知道就不會——」她兀自停住，背對我拎著衣物，踩著碎步往門邊去，一身婀娜多姿。

見沒下文，我問：「就不會怎樣？話說清楚啊。」我最討厭別人這樣吊我胃口了！

周琋撩了下長髮，稍稍側過頭瞄我，「妳與其好奇這個，怎麼不先擔心自己？」

她說得可真有道理，但是跟屁話沒兩樣。我就是被某人鎖在這浴室，只能在浴缸裡坐以待斃好嗎。

胸罩從指尖滑下，掉落到她腳邊。周琋撥攏長髮，轉過身再次走向我，臉上掛著豔麗的笑容。

我默默往後縮，見她步步進逼，一派從容。

「小蘇啊。」一條長腿跨進了浴缸。

我一抖，小心翼翼地問：「什麼事啊大人？」

鼻子應該是人身上相當敏感的器官吧，不然怎麼她手指輕輕劃過我鼻梁時，殘留的氣味竟使我失神。

我怔怔地對上她盈滿柔情的美目，嚥了嚥，兩條手臂起了雞皮疙瘩。

水花濺起，隨她全身入浴，她那兒濺起的水波往我這送。她就這樣靠在浴缸邊靜靜看著我，看得我覺得慫。

當初為了滿足我那吐槽滿滿的爹娘，我家浴室做得還真不小，這浴缸根本是尋常人家的兩到三倍吧！

至於我爸媽在裡邊做什麼不可描述的事，我是不願想下去的。

如今我倒希望浴缸再大一些，最好在我與周裲之間隔條馬里亞納海溝，讓她別靠過來，不然我貞操難保。

水已涼，我開始感覺到冷意時，周裲便慢悠悠地划過來，我怨她沒事生個長手長腳幹麼！我猶如赴死士兵，心裡悲壯。

周裲伸手打開水龍頭，再次讓溫水灑下。她一面撥開溼髮，一面湊近縮在浴缸邊的我。水聲淅瀝嘩啦，我真希望她的話也跟著淹沒在裡頭。

「蘇。」

她的唇貼著我的耳朵，吐息炙熱：「等會就不冷了。」

我的耳朵簡直要燙著了。

我別過頭，正要啐嘴幾句，竟見她雙頰泛紅、眼眶溼潤，那柔媚的嬌態簡直跟吃了春藥沒什麼兩樣……我的心咯噔了下，竟跟著感到害臊，有些口乾舌燥。

臥槽，我不會真的彎了吧？

我拍拍臉頰讓自己打起精神，我肯定是泡暈了才會這樣心悸，跟周裲絕對無關。可當她舔了下我的耳朵時，我不由自主的瑟縮了下。

不妙，真不妙。

周裲兩條長腿交疊摩擦著，她單手撫上我臉頰，輕咬下唇，眼波似秋水，竟生出一絲楚楚可憐。

我看得呼吸一緊，有些缺氧。

不對，等等，真的不太對……

「蘇、蘇……」喉音滾燥，她舉高我的手，低頭親吻了下，再吮著我的指尖，一陣麻推送而來，我整個不知所措。

女人真是這麼性感的生物嗎？

我雙頰發熱，羞愧到想一頭撞死算了。

周翊放開我的手，我正暗自鬆口氣，她卻順著水的浮力輕易坐到我腿上，入目之處是她明顯又性感的鎖骨。

我完全不敢亂動，眼睛更不敢往下瞄，我一點也不想跟她的胸部打招呼。周翊的雙手環住我的脖子，我順勢埋入她胸口，頓時覺得呼吸困難。

原來被胸部悶死這死法真的存在啊……

在她腰緩緩地前後搖擺時，不斷升溫的曖昧，我簡直暈了。對於她竟能如此放蕩這事，我有些瞠目結舌。

天底下哪個男人受得了！

不過幸好我是女人，抵抗力頗強。

我奮力抽離她，「周翊！妳、妳別這樣吧……」

忽地，我手中被塞了個東西，我拿起一看，差點扔出去。

我雙手攀上她肩膀推開她，震驚問：「妳哪來的遙控器？」我就是眼殘也看得出來這是個遙控器！

周翊咬著下唇看著我，雙腿忽地夾緊我的腰，「妳、妳弄弄看啊……」

我靠，她真自己塞了跳蛋是不是！

我正想丟到一旁，卻被周翊一手握住。我震驚地迎上她水波蕩漾的眼眸，起了雞皮疙瘩。

周翊怎麼比我想像得還要糟糕……她握緊我的手，柔似無骨地靠在我的身上，肌膚滾燙的她輕聲催促，一邊蹭著我，「別傻愣在那啊……」

我嚥了嚥口水，心裡還是有點排斥，略感尷尬。既然扔不了遙控器，我只好先推離周翊，慌慌張張地說：「我、我不會用啦！」

不會用就不用使用，我真聰明——誰知道軟綿綿靠在我身上的周翊會掀開眼，鍥而不捨地說：「妳就隨便按按……我等著呢。」

妳等著就等著，幹麼一直在我腿上搖來搖去，是裝馬達喔？

我左看右看，不知道從哪按起，猶豫道：「呃……妳確定這防水嗎？」既然不能說我不會用，那麼提出我的安全考量總可以了吧！

雙眼迷濛的她多了幾分清明，嬌聲嬌氣的說：「妳不好奇我會有什麼反應嗎？」她一邊說一邊拉過我另隻手，往她一掌托不住的柔嫩胸部上摸去。

我滿是尷尬，「但是……」

「你他媽給我快點。」周祤笑是笑了，但笑得我心裡發寒。

於是我不管三七二十一大力按下去！

我倆幾乎是同時閉起眼，她是準備享受，我是怕被電死……別說我沒常識，這是我第一次使用跳蛋，要怎麼操控完全是一頭霧水。

尷尬在我倆之間蔓延。

我眨眨眼，水面平靜，如我心湖一般澄澈，沒半點波瀾。

周祤臉上表情可精彩了，原是狡黠又嫵媚的笑容慢慢收起，轉而疑惑。

那道炙熱的視線從我臉上移到手上，她睜大眼，「蘇、懿、茜！難道妳只會按不會放開嗎！」

我趕緊拿開大拇指。

周祤一臉看傻逼的眼神望著我，「再試試。」什麼曖昧啊、煽情啊蕩然無存。

我再按了幾下，毫無反應。

「……」她無語。

我嘿嘿笑，不知道該說什麼。

周祤奪過搖控器，目光沉了幾分，美目風起雲湧，低道：「妳把它按到關機了……重開機要再連過一次……」她咬著牙如此說。

如果眼神能殺人，我身上肯定千瘡百孔，到處都是周祤怒火燒出來的窟窿。

我搔搔頭，「呃……那妳要拿出來了嗎？」我怕塞太久對身體不好。

周祤深吸口氣，狠狠往我胸口上一咬！

我疼得「嘶」了聲，她是真的咬啊！我疼得都想哭了。

「真正想哭的是我！」周祤瞪我一眼，嘩啦一聲站起身。

我趕緊閉起眼，也因此錯過了她臉上的失望。

周祤踏出浴缸，走路倒是很正常，真看不出來裡邊塞了跳蛋，女人真是厲害啊。

經過這番折騰，我渾身乏力，幾乎虛脫……我趕緊拿起蓮蓬頭，把身體沖一遍後也跟著走出浴室。

一出浴室，我便見到周祤已穿上浴袍，背對我擦頭髮。我猶豫了下，正想裝作沒事，像平時那般接過毛巾替她擦，她卻閃過了我的手，一眼也不瞧我。

不要拉倒，哼。

我走到衣櫃前拿我的毛巾，坐到床邊擦頭髮，我覺得委屈，該生氣的是我啊！莫名其妙被闖密上了我都沒翻臉，不就一個手殘沒弄好跳蛋，她就這樣生我的氣！

我愈想愈不平，忍不住開口：「欸，周祤，妳——」

轟隆轟隆轟隆。

吹風機刻意挑時間響起，我瞪她後腦，繼續擦著頭髮。好啊，冷戰是吧！我沒在怕的！來互相傷害啊！

過了一會，周舸關掉了吹風機，隨手撈起手機放到耳旁，走到一旁讓出位置，我便直接走到她身旁繼續擦頭髮。

「喂？黃先生，是我。」

我放下吹風機，漫不經心地聽她講電話。我低頭滑手機，才不是為了偷聽她對話內容。

周舸側過身，笑語朗朗：「對，上次的約會挺愉快的。明天？可以啊，見面提前嗎？還是……哦，當然可以，我明天準時到。」

見她掛了電話，我這才放下手機，打開吹風機吹頭髮。若是以前，我早就抓著她問東問西，但現在我都不知道怎麼開口了。

鏡中，我見到周舸剛吹整完的頭髮有些隨性，便下意識地隨手撥了撥她的長髮。

周舸這次倒也沒閃，那雙彷彿會勾人的桃花眼直勾著我，我刻意不與她四目相迎，繼續弄我的。

「好啦。」周舸的長髮又恢復了平時的柔順。

她瞅我一眼，一語不發地轉身走出房間，留我在那黑人問號。

我知道周舸大概是真的生氣了，但我又能怎樣？

說來，我們好像很久沒吵架與冷戰了。

我放下吹風機，拿起梳子梳了梳，想著周舸跟我還算是朋友嗎？這種事情……不是該跟情人做嗎？做就做了是不會好好跟我說嗎？就不怕我亂想嗎？

我愈想愈鬱悶，又想到方才她接電話的好整以暇，我不禁想，對周栩來說，這件事情是不是一點也不重要？

越過了線，到底是朋友，還是情人？

與周栩認識這麼多年，我從來沒見過她與誰走在一塊，更無法想像自己與周栩談戀愛的樣子！而且，這不就意味著我會失去一個最好的朋友？

我不願意啊。

我抹臉，我知道這種想法有點自私，可、可是周栩也沒親口說喜歡我啊……我掙扎著，還處在貞操似乎莫名其妙被奪走的恐慌中。

「姊！」

我差點被嚇死，怒瞪門口的雙胞胎，「說多少次進我房間要敲門！」

少爺弟弟無視我，慌張問：「為什麼周姊明天要去相親！」

我皺眉，「我怎麼知——」等等，剛剛那通電話不會就是相親的人吧？

見我一臉茫然，少爺弟弟受不了地說：「妳這是什麼反應啊！趕快去捍衛我大嫂啊！」

我瞪他，「誰跟你說她是你大嫂了！」

女王妹妹眼神瞬間深了幾分，我在這樣的目光下備感心虛，默默撇開頭。

少爺弟弟忽然一把抓住我與女王妹妹，大喊：「快！開家庭會議！」就這樣席地而坐，拉著我圍個圈，簡直就像某種邪教儀式。

我眼神死。

少爺弟弟正氣凜然地說：「我現在宣布『保住大嫂遠離臭男人大作戰』正式開始！」

「哦！」女王妹妹也興致高昂。

「跟我商量一下啊！」我抗議，「而且我們憑什麼阻止周祤相親啊？」

女王妹妹視線掃過來，「憑她喜歡妳這麼多年了。」

我呆住，一時間有些回不過神來。

「到現在才下手我很意外啊。」少爺弟弟拚命點頭。

「世界上有無數人以『朋友』的名義愛著另一個人，周姊姊就是，所以無論怎樣，我們只認周姊姊是我們大嫂。」平日話少的女王妹妹難得說了這麼一長串話，長姊我表示震驚。

眼前兩人氣勢銳不可當，我縮了縮，怯怯地為自己辯解：「可是你們也要顧到我的心情啊，我又沒——」

「妳要是不喜歡她，那天就不會——」少爺弟弟話還沒說完，就被女王妹妹摀住嘴。

我黑人問號。

我到底錯過什麼了？

「總之。」女王妹妹接著說：「明天非得破壞周姊姊相親就對了。」

有人這樣先斬後奏的嗎！

「我說……」看著對面兩個賊兮兮的小鬼，我有些無語。

這兩人簡直演活了什麼叫狼狽為奸，我身為姊姊，對於他們胳膊往外彎的行為感到痛心，然而他們是一點也沒有感受到我的痛心疾首。

「喂，我都不好奇了，你們這是做什麼？」

「周姊姊相親對象妳不好奇？」女王妹妹問。

我挑了挑眉，說真的，我是有那麼一點點好奇，但我還是盡量表現得神色自若。

「妳怎麼可以這麼漠不關心！」一旁的少爺弟弟突然激動起來，一股腦兒地說：「虧周姊這麼喜歡妳！而且喜歡那麼久了！」

我輕嘆口氣，「你不要亂說，她什麼時候開始喜歡我了？」餘光瞥到女王妹妹意味深長的眼神，我打個顫，才正別開眼，便聽到她幽幽地說：「一直，沒有不喜歡的時候。」

我微愣，想問她這是什麼意思時，少爺弟弟急沖沖打斷我們說：「姊姊，妳看，他們進來了！」

我往旁瞄，頓時愣住。那位黃先生還真的跟彭于晏長得有些相似，可惡的周㓐，肥水不落外人田是不是！

「好、好像有點帥……」少爺弟弟也忍不住讚嘆。

我跟著點頭，「哎，真可惜，原本坐在那的是我——疼疼疼！別踹！」

女王妹妹踢我的腳沒在客氣的，她哼了聲，食指在嘴前比了噤聲，我一邊揉膝蓋一邊無語問蒼天。

話說周翃相親地點是在一間採光充足的咖啡廳，洋溢濃濃的文青氣質，這黃先生眼光倒也不錯，不會刻意選高級餐廳來打腫臉充胖子。

說到我跟周翃的經濟能力，她絕對是遠勝於我。我曾笑說哪天嫁不出去就給她養，她那時一口答應，眼睛笑得彎彎的。

我就坐在相親桌的後邊，與周翃只隔一道竹窗那般近，店裡很安靜，他倆聊什麼我聽得一清二楚。

我一邊攪著紅茶拿鐵，一邊看著對面兩個緊張兮兮的小鬼頭，沒好氣地說：「至於嗎？」

「至於！他們看起來聊得很開心，我擔心啊！」少爺弟弟眼神語氣滿是焦急，「要是周姊跟那傢伙真的擦出火花怎麼辦？」

我隨口說：「能怎麼辦？祝福唄。」

兩道銳利的視線掃過來，我打個寒顫，「呃，當然是要先審核過再說。」我看這周翃也不是非我不可，那不是也挺好的？

雖然我心裡總有股莫名其妙的鬱悶……

回想起來，從小到大追求周爾的人跟天上的星星一般多，但我從來沒聽她說過喜歡誰，當然也有可能是我沒有問。

我想我真的被周爾搞亂了，這兩天峰迴路轉的發展讓我覺得胃疼，不禁思索起我與周爾的關係。

從過去到現在，我就像是周爾身旁的綠葉，我和她站在一起，每一個人都只會看到周爾的光芒。

但是我一點也不介意。因為周爾是我最好的閨密，所以我不會忌妒她，反而感到一絲驕傲，一輩子就認這麼一個朋友。

我收過不少要我轉交給周爾的情書，長大點變成要她的聯絡方式，可每一次都是被周爾毫不留情的束之高閣。

「我沒撕就不錯了。」她慢悠悠地說。

我看著覺得可惜，她便撲過來捏我臉，「妳要是覺得可惜就每一個都拿去吧！」

我大笑，誰要她不要的東西。

「唉……」我認命地喝著飲料，心想要在這乾坐多久啊。

「妹，妳會不會覺得他們的對話內容太稀鬆平常了？」不搞事就靜不下來的少爺弟弟抓著女王妹妹低聲問：「這算什麼相親？」

「日子就是閒話家常。」我插嘴，「不然當販售商品嗎？愈是能自然聊天的，愈是能長久打交道，小孩子不懂啦。」

「妳！」

我昂了昂下巴，「我怎樣？」

「別吵。」女王妹妹出聲調停，「這次姊姊說得對，他們的確很聊得來，看來，要主動出擊了。」

見她胸有成竹的模樣，我忽然有些不太好的預感，「妹妹啊，妳又想到什麼糟糕的點子了？」

只見她勾起一抹意味深長的笑容，笑得我雞皮疙瘩掉滿地。

女王妹妹慢悠悠地拿出不知從哪生出來的紙袋，一股腦兒的塞進我懷裡。我想打開看看，還被打手背。

我瞪大眼無辜問：「不是給我的嗎？」

「誰要妳現在開了。」女王妹妹冷哼了聲，「時機未到，別輕舉妄動。」

我有種氣勢被壓過去的感覺……

就在我覺得我們這趟「搶親」將一無所獲時，周爾突然爆出一句：「我朋友在這附近有間酒吧，如果你晚上沒事，要不要一起喝一杯？」

我嚇得差點翻倒玻璃杯。

這話如果是出自黃先生嘴裡，那我肯定立刻起身拉人走，但不是！是周爾主動提的！她怎麼能就這樣約一個見面沒幾次的男人晚上喝酒?如果引狼入室怎麼辦!

「怎、怎麼辦?」少爺弟弟慌了。

我哼笑,「我晚上會跟去,你們兩個高中生乖乖待在家裡。」同一時間我身後的黃先生當然笑著說好,兩人便約在酒吧了。

在他倆相偕走出咖啡廳後,我們蘇家三姊弟也跟著離開。

車上,少爺弟弟憂心忡忡地說:「周姊主動約他晚上喝酒……該不會……」

我這弟弟不知道怎麼養的,養成了大媽個性愛操心。

「周翊才不是這麼隨便的人。」我板起臉說道。

「那如果周姊姊對他有意思呢?」女王妹妹幽幽說:「那該怎麼辦?」

我的心因為她的話咯噔了下。

二十三年來,這是我第一次深切感覺到「周翊可能會跟別人走」。以前不是沒想到,但總是抱持著「等那天來臨再說」的鴕鳥心態。

如今迫在眉睫,我竟有些不知所措。

開車送弟妹回家後,我坐在門檻上無聊地玩著花花草草,想著等會怎麼跟蹤周翊。

我通常是迫不得已才會去酒吧、夜店之類的地方,例如公司聚餐、被人拉去聯誼,又或是被叫去扛人……當然扛的不是周大小姐,是別的朋友,周翊的好酒量人盡皆知。

我的酒量普普通通，比一般滴酒不沾的女生好些，但稱不上海量，因為我也不太喜歡喝酒。

夕陽餘暉照在我臉上，我瞇起眼，這種非日非夜的時刻眨眼即逝。記得前陣子看了《你的名字》，裡面也提到黃昏是逢魔之時。

……如今，我眼前真出現了妖魔鬼怪呢。

我單手托腮，看著從陌生轎車下來的周祤。那位帥到掉渣的黃先生相當紳士地替她關上車門——哇，還送到家門前，真好。

黃先生似乎見到我了，朝我點點頭，我回以一個燦爛的微笑。大抵是因為逆光吧，我有些看不清周祤的神情。

我就坐在那看啊看，直到那車尾燈消失在街口。

周祤就住在我家隔壁，不過她沒走回她家，而是筆直地向我走來。

我微微仰起頭，見到了她眼底的笑意。我悶悶不樂地問：「妳喜歡黃先生嗎？」

周祤目光閃爍了下，「為什麼這麼問？」

我哼了聲，「作為妳最要好的朋友兼閨密，我有資格知道吧？」

周祤仍笑容迷人，微微彎下腰，指尖撫過我的臉頰，輕如徐風。她湊近我耳邊，落下一句燒得我胸疼的話。

「但我沒把妳當朋友了。」

「姊姊怎麼怪怪的……」

「對啊，她怎麼渾身散發陰氣?是哪裡吃錯藥了?雖然她好像沒正常過。」

我曲膝窩在沙發上耍廢，我是廢渣我驕傲。我受到的打擊他們兩個死小鬼是不會懂的，被自己閨密打臉說沒把妳當朋友……這話，可真狠。

我討厭死周翊了。

要是知道我跟周翊最後會變成現在這樣，打從一開始我就不會對她掏心掏肺了!虧我還是商科出身的學生，這種虧本生意真是絕了。

我揉揉鼻子，眼睛酸酸的，心裡的委屈簡直要溢出來了。真慶幸公司連放四天假，明天不必見人。

我把臉埋進手臂間，想著今後跟周翊該怎麼辦。我甚至萌生搬出去住，讓她找不到我算了的想法。

此時就特別慶幸我跟她雖然在同一間公司上班，但部門不同，不必時時刻刻都相見。人家李白是「相看兩不厭」，此刻我卻只想來個「只緣身在此山中」。

「唉……」

「姊姊，妳該出門了。」女王妹妹出聲催促，「周姊姊早走了。」

我瞄她一眼，提不起勁。

「寶寶覺得委屈，但寶寶不說。」我悶。

「妳都老大不小了還寶寶？」女王妹妹厭棄地說：「誰管妳委不委屈，快去啊！」

我直接兩手一攤，躺在沙發上賴著，「沒動力，誰管周翊啊。」

大片陰影落下，眼前的吊燈被女王妹妹的怒顏遮蔽，「妳不去追回人家妳會後悔的。」

「我現在就後悔得快死了。」後悔認了周翊這王八蛋當閨密，虧死我，把我大把青春還回來啊！

女王妹妹手插腰，「要不是周姊姊要我保密，我真的、真的很想抽死妳這廢柴。」

哇，這以下犯上真是驚悚，配上一臉冷漠，我抖了下。

難怪她社團的幹部全都臣服於她，這下我可真懂了。

「好吧，不然我跟妳賭——只要妳能在午夜十二點前帶周姊姊回家，我就告訴妳一個祕密，妳肯定會想知道的。」

我挑眉，覺得有趣，「什麼祕密啊？妳怎麼知道我會不會有興趣？」

她木著一張臉，「妳不是一直很想知道，妳喝到斷片的那晚發生什麼事嗎？」

這小鬼真會談判。

我從沙發上坐起身，搔搔頭，「行，我賭了。」語畢，我立刻被兩人推出家門。

正準備開車離開時，女王妹妹打開窗朝我大聲嚷嚷：「記得看紙袋。」

我搖下車窗回了個單音節後，便踩下油門朝著酒吧駛去。

那個酒吧我是認得的，就是之前辦公司聚餐的地方。但我不知道那是周爾的朋友開的，所以聽到的當下我有點訝異。

不過半小時的車程我就抵達了N酒吧。在進酒吧抓人前，我先伸長手往後座一撈，看看紙袋裡頭到底裝了什麼。

不看還好，一看我差點扔出去。

幹！哪來的丁字褲啦！那個死高中生怎麼買得到這種邪物！我嫌棄地用兩指捻起，連同成對的胸罩一起扔到副駕駛座。

我深吸口氣，裡面還有東西！鼓足勇氣拿起來，慢慢上移時，我跟著眼神死。

低胸、裸背的薄料上衣跟窄短到不行的短裙……試問這有穿跟沒穿有什麼差別？女王妹妹寫的紙條放在最下層，我默默拿起來看，她最好是能給我一個合理的解釋。

「姊姊，妳一直穿阿嬤內褲是不行的，把妳那舒適到不行的棉質內衣褲拿去扔，換上我為妳準備的戰鬥服收編周姊姊，就不用謝謝我了，我相信妳能『撕開得勝』的！」

我回去肯定得好好教訓這妹妹，高中到底念到哪裡去了，還撕開得勝！

但……我低頭看了看身上的運動服跟妹妹準備的「戰鬥衣」，哪個進去不會被攔，答案昭然若揭。早知道我就換好衣服再出來……

我正欲哭無淚時，一抹熟悉的倩影晃過。

臥槽，真是周祤！她還挽著黃先生有說有笑走進酒吧！她這人怎麼可以一面上我，一面跟路邊男人卿卿我我？

我覺得不行，我這人就是激不得。

我心裡一橫，拿著紙袋就往超商衝！

我用洗戰鬥澡的速度快速換裝，雖然我壓根沒洗過戰鬥澡。

再次踏出洗手間時，我甩了下髮，覺得全世界的光全照射在我身上，真是令人害臊。

「那個……小姐。」

瞧，這麼快就有人來跟我搭訕了！我回眸一笑，「怎麼了？」眼睛眨啊眨地散發無邊魅力。

女店員一臉遲疑的看著我，指了指我的裙襬，「那個……妳沒拉好喔。」

「哦幹！」我趕緊拉整裙襬，也不知道要慶幸我真換上了丁字褲，還是該感到羞恥。我耳朵彷彿燙著了，只想趕緊奔出超商！

女店員忍住笑意，繞過我去洗手，小聲問：「是要見男友嗎？」

我雙頰發熱，「不是……呃，是意外。」如果我說我要去找上我的閨密算帳，會不會被抓進警察局？

女店員「哦」了一聲，意味深長，她甩甩手，擦肩而過時說：「女為悅己者容，妳男友真是個幸運兒。」

我一味傻笑，冷靜過後那點羞恥心才如螞蟻般啃咬全身。

站在酒吧前，我有些猶豫，但一想到與妹妹的賭注，我便決定硬著頭皮進去抓人。

「懿茜？」

我猛然回頭，竟見到公司同事們，一時間，我不知道該像平常一樣打招呼，還是裝不認識……但是當章章勾住我脖子時，我便知道逃不了了。

「唷，懿茜，妳今晚來獵豔是嗎？」她沒個正經的邊吹口哨邊說：「第一次看到妳穿這樣！身材很好喔，平常幹麼包那麼緊？」

「這是低調，怕全公司的人都喜歡我，這樣很困擾。」我笑道。

我跟著這群同事進了酒吧，坐到吧檯前，其中與我最熟的章章是個北方姑娘，個性熱情奔放，跟誰都處得好。

「懿茜啊。」她搖搖手中酒杯，「妳那晚回去有沒有跟周女神怎麼樣啊？」

我一個嗆到，邊咳邊說：「說、說什麼啊？都朋友能幹麼——」

章章露出曖昧的笑容，眼睛朝我眨啊眨，「少來，那晚每個人都看到妳一副要把周祤給吃了的饑渴模樣，還說朋友能幹麼？」

我一呆。

章章瞅我一眼，收起幾分玩笑，多了幾分小心翼翼，「欸，我不就開個玩笑嗎？別擺出這種表情嘛！好啦好啦，知道妳跟周女神只是感情很好，沒姦情啦！要不那天周䋖也不會扛著發酒瘋的妳跟我嘻皮笑臉了。」

我微愣，雙手攀上章章肩膀直道：「妳給我說說那晚發生的事！」

章章大抵是被我認真的表情給嚇到了，將她知道的一五一十地說了一遍。我越聽心越冷，發覺事情可能與我想的不同。

我頓時感到頭暈目眩，虛浮地站起身，穿過無數紅男綠女，只為找到周䋖。

絢爛奪目的燈光與震耳欲聾的音樂，令我有些迷失其中，但周䋖就是那個燈塔，我一眼就見到在跳熱舞的她。

這絕對是讚美！我對她那身一堆亮片的衣服真沒意見，相信我。

好不容易擠到舞池中央，就快碰到周䋖了，她一個甩髮，視線恰巧與我對上，而我清楚見到了她眼底的驚訝。

「周䋖？周䋖！」我急聲喊著，就想找他問個清楚。

誰知她只是淡淡瞥我一眼，視線上下打量了下，略皺眉，竟一個甩髮忽略我。

好啊周䋖……竟然無視我！妳能找剛認識的黃先生跳舞，看我也找一個氣死妳！

我才這麼想，一旁便傳來富含磁性的好聽嗓音，「我有這個榮幸與妳跳支舞嗎？」

我抬起頭，見到笑容滿面的陌生男人，我瞥了眼周祤，點頭道：「好啊，但我跳得很差。」

他笑了笑，紳士地伸出手，「若妳跳不好，那也是我沒帶好妳。」

加分！有肩膀的男人大加分！當下我也沒多想什麼，不過後來我就後悔答應跳這支舞了……

說來，我高中其實是熱舞社，還曾被捧為首席，領隊跳過一堆solo，上大學之所以沒繼續玩，是被周祤抓去參加別的社團了。

我以為自己早忘了如何跳舞。

可能是天生舞感，我的四肢流暢律動著，我清楚見到那男人臉上閃過一絲笑意，目光讚賞，我更得瑟了。

他呢，肯定是內行人，還是特別有水準的那種，竟能立刻跟上節奏與我共舞。

我倆明明是第一次搭檔，眼神交流的默契卻讓我訝異。漸漸地，四周愈來愈熱鬧，口哨聲此起彼落，但我早已跳上了癮，對這些議論紛紛置若罔聞，專注在我的舞蹈上。

甚至連我是來找周祤這事都忘了。

直到最後一個八拍他搭上我的腰，我忽地被人往旁一拽，猛然對上一雙風起雲湧的美目。

「蘇、懿、茜。」周祤摟緊我的腰，怒火噴灑在我臉上，「妳對男人跳熱舞……妳……」

我縮了下脖子，來這的目的全想起來了。

我吐了吐舌頭，「哎，我以前熱舞社的啊，妳知道的。」我一邊說一邊輕喘，可真覺得自己老了，以前連跳一節課都不嫌累的呢。

「是。」周翊咬牙，「我、比、誰、都、清、楚。」

四周拱著我繼續跳下去，但此刻我只看得見周翊。

我緩過氣，拉著她走出人群直往裡邊洗手間。她一邊掙扎一邊被我硬拉進去，我最後煩了，把她推進身障廁所裡。

「妳放開——」周翊掙扎著。

「妳為什麼不告訴我那晚發生的事情！」我雙手攀上她的肩膀，將她壓在馬桶蓋上，「妳為什麼不跟我說，是我一直纏著妳、黏著妳？」

周翊怔怔地看著我，一語不發。

「我那天發酒瘋，妳為什麼都不講？」我的語氣忍不住揚高幾分，朝著她繼續質問：「妳這幾天的反應讓我以為是妳一時喝多了才會上我，但其實是我先發酒瘋、對妳上下其手，是不是？」

如果真是如此，那麼周翊順水推舟上了我，也是我自己造孽。

周翊沉默了一會，低眼輕嘆口氣，輕聲說：「小蘇……我只是覺得，讓妳這樣想也好，妳就不會對我感到虧欠，而且，這也是我夢寐以求的事。」

我愣住。

周祤抬起頭，定眼看著我，平靜道：「如果……我說，其實是妳推倒我的呢？」

第三章

腿都軟了，跪下也不過是順勢而為。

我一邊雙手撐地，一邊覺得酒吧的廁所打掃得真乾淨……不是！現在這不是重點！推倒她……原來不是周祤上了我，而是我上了她嗎？

對周祤的怨啊、恨啊，全反彈回來狠狠鞭笞我一番，要不傷筋動骨也難。我艱難地抬起頭，喉頭乾澀，「周祤，我雖然還搞不清楚是怎麼回事，但是，對——」

碰！那是我的背撞上門板發出的巨響。

我吃痛地咬牙，「痛啊！妳……」

那隻手摀住我的嘴，她半跪在地，眼眸幽深，語氣淒然，「妳什麼都可以說，就是別為此與我道歉……因為那對我來說，是我這些年來，最美妙的一晚。」

我的心猛然一揪。

我的不妙，對她來說卻是最美妙的事，這是何等諷刺？

我覺得自己真的渣，渣到有剩。

「現在，還想跟我道歉嗎？」她輕問。

我自然是想的，要我磕頭也行，但這肯定會讓周祤不開心吧。於是我搖搖頭，她便鬆開了手，輕易將我從地上拉起。

周礽低頭替我拉整裙襬，「解釋下吧，妳怎麼穿這樣？」

我腦海中浮現「撕開得勝」四個大字，甩甩頭，「說來話長。」

周礽不知為何一頓，我正想問她做什麼，她先抬起頭朝我淺哂道：「小蘇，帶我回家好不好？」

當然好，現在若要我帶她去環遊世界，就是散盡家財我也會帶她去！但我要先澄清，我不是出於補償心態，當然罪惡感是有的，只是我的想法更深了些。

我怕失去周礽。

一開始我有恃無恐，是因為我覺得那是她的錯。此刻知道了這罪不可赦的惡人是我時，我就怕死了，怕她不要我了。

我承認我很孬，就是個懦夫；但如果當個膽小鬼可以留住周礽，我願意。

一路上我倆就這麼沉默，她在後座閉眼小憩，我在這戰戰兢兢的開車，總希望這條路長一些，最好永遠不要停下。

一旦停車了，我勢必得面臨可能與她決裂的局面，我不想啊。但這車怎麼開，終究是開到了周家，也就是我家隔壁。

我深吸口氣，輕喚：「周礽，到家了。」

她一睜開眼，我的心咯噔了下。我很想像往常那樣，吐槽她上輩子大概是狐狸精吧，這輩子才會美成這樣，成了女性公敵。

周䎘眨著桃花眼，單手托腮瞧著我，「小蘇，我剛剛喝多了，妳能扶我進去嗎？」

「行，當然行，她周大人說什麼都行。

於是我熄了火，走到後座打開車門，她便柔似無骨地靠著我說：「麻煩妳了。」

周䎘太有禮貌了，反倒讓我感到生疏。我心裡酸了下，低應：「不會，我們進去吧。」

她的體溫滾燙，我竟感到有些尷尬，我不知道要跟周䎘說些什麼，就這麼一路把她扛進屋內。

我打開燈，感到一絲清冷。

周母前幾年跟著周大哥移居海外，周父則是世界各地飛，這棟房子只剩下周䎘了。

大概是我家太熱鬧、太歡快，我覺得周家異常的安靜與空曠，空盪到讓人感到寂寞。

周䎘似乎是讀出我心思，隨口道：「妳也覺得這個家太大了吧？」

「有點。」

「以後套房就會小些了。」

周䎘什麼時候計畫搬家了？我怎麼不知道？我收緊指尖，沒膽問她，只能拖著沉重的步伐將她帶上樓，安置於床。

周䎘慵懶地躺在床上瞅著我，「為什麼悶悶不樂？我不是說我不介意了嗎？」

我癟嘴，沒說話。

周翎慢慢坐起身，斜靠著牆，輕聲說：「我沒怪妳，也不覺得有什麼不舒服的，妳放寬心，妳的心不是最大顆了嗎？」她邊說邊笑。

我跟著嘿嘿兩聲，心裡苦。

我就是心再大顆，也沒法原諒自己如禽獸般的行為啊。

四目相迎，我有些手足無措，決定來個走為上策，「那……我先回去嘍？」

周翎撥了撥頭髮，一臉無可奈何，「妳要是這樣回去了，我不被阿姨念才怪。」

「不然現在要怎麼辦嘛？」我苦著臉。

周翎忽地朝我張開雙臂，「小蘇，過來給我抱抱，然後打起精神好嗎？」

我鼻頭有些酸，很開心她沒有不理我，於是我走向她。

「周翎，謝——呃！」謝語都還沒說完，一陣天旋地轉，我便被壓在床上。

等等，現在是怎麼回事？

周翎伏下身，貼著我的上半身，定眼一瞧，她臉上哪裡還有剛剛的愁容與溫柔！她眼裡狡黠的笑意全給我見著了！

「小蘇啊。」她拉高我的雙手，竟從枕頭下抽出了一條領帶！我開始覺得不妙，這發展絕對有問題啊！

她坐在我腹部上，在我手腕處俐落地打上個結，「妳總算來我床上了，等妳很久了。」

靠！她綁得還真緊！我操你的周翎！

那張足以傾城又傾國的美顏一掃憂鬱，笑吟吟地自上而下看著我，指尖劃過我的臉頰，「我知道妳搞不清楚現在怎麼回事，但沒關係，妳等會就知道了。」她一邊說，指尖一邊往下滑，勾下我的衣領，「妳穿這件真好看，我回頭肯定要好好謝過妹妹。」

操！現在是怎麼回事？

「周翊！妳、妳……」我不敢置信，「為、為什麼會這樣？我我我，妳妳妳……」現在到底發生什麼事？我怎麼沒跟上！

「哦，剛剛在酒吧我漏說了一些話。」周翊不顧我的掙扎，低下頭，舔了舔我胸口的肌膚，舔吮的同時發出了「噗滋」的淫蕩聲音。

「那天是妳先推倒我的沒錯，在酒吧也好、後來送妳回蘇家也好，大家都見到妳想吃了我似的，可後來一進房，我確定沒其他人後就反壓了。」她枕在我胸口，脣角的弧度無懈可擊，「終於讓我把妳拐來這了啊，小蘇，我等得可真久。」

我去妳的心機毒蠍！

「把我的愧疚還來！」我一邊掙扎一邊大吼：「妳這女人！啊……妳、妳不能——」

嘶——

那是我衣服被撕開的聲音。

我去你的全世界。

♥

此刻的我正在想，是要先說些不可描述的事，還是先來談談周大美人的心路歷程。我是很樂意分享後者給各位知道，但我束手無策。

……是真的「束手」無策。

「給我解開領帶！」我沒停下掙扎，吹鬍子瞪眼，「妳一個女生為什麼會有領帶！」難不成她有扮男裝的癖好？

周翗眉梢一抬，慢悠悠地坐起身，伸手往床頭櫃一開，我嚇到……啊不，我無法吃手手。

人家格雷總裁是五十道陰影與SM遊戲房，我身上的周大美人有幾道陰影我是不知道，但他媽的情趣用品別這麼齊全行嗎！

「我用領帶不用手銬是怕嚇到妳，而且領帶輕薄又好解，還不會留下明顯的痕跡。」周翗伏下身，親吻我的手腕，低道：「妳乖乖的別動不就不會被我綁起來了嗎？」

現在是在怪我嘍？

「你他媽別上我不就沒事了！」

她點了下我的鼻尖，笑容嫣然地說：「是妳先勾引我的。」

「妳妳妳……」我漲紅了臉，「妳別胡說八道！」然後我就後悔與她對幹了。

周祤雙手撐在我身側，她低頭的瞬間，我便在她眼底見著了一片星空。

我的心咯噔了下，竟亂了套。

我覺得自己肯定是瘋了，才會失了神。

周祤的吻落如雨，眉眼、鼻尖、臉頰、脣角……再勾了勾我舌頭，捲起再輕壓，特別麻，還有些癢。

我的舌頭逃著她的侵入，可她纏了過來，也不知道她是不是喝了酒，一碰上她我便有些飄然如醉。她的吻太深、太深了，我快呼吸不過來。

忽地，周祤輕笑幾聲，啣著我的下脣呢喃：「小蘇，妳還有鼻子可以呼吸，笨。」

我咬了下她，她大抵是沒料到有這齣，還真讓我在她脣角咬了個小洞，淡淡的血腥味席捲而來，我嗚咽幾聲，她勾起脣角。

「怎麼？妳咬我，我這麼吻妳行吧？」

「我就是不咬妳妳也會這麼流氓！」我瞪她，輕咳幾聲，「妳怎麼這麼野蠻。」我幽怨。

周祤親吻我的眼角，指尖拂過我的腰側，撩起一片星火。我訝異自己這麼輕易屈服在她身下，我覺得不行。

她忽然笑了出來，親了下我的額頭悠悠道：「妳那天想把我吃下肚的氣勢去哪了？雖然這麼溫馴也挺可愛的。」

溫馴？

我他媽都要把領帶給扯爆了，妳在跟我說溫馴？我瞪她，「妳現在把我鬆綁我就讓妳看看我多溫馴！」

周溺抬起頭，鼻尖親暱地磨著我的，「妳想知道妳那天多凶猛嗎？」

我眼神死。

「妳向我撲過來，我強撐著剩下的理智跟妳說『我把妳當閨密』，妳猜，妳怎麼回我？」

見周溺那得瑟的笑容，我瞬間背脊一涼。

老天保佑，拜託我別說什麼驚人之語，不然我真的很想掐死我自己。

「……妳說，『但我就是想上妳，現在！立刻！馬上！』。」

誰來用枕頭悶死我，拜託。

周溺趴在我胸口不能自已的大笑，笑得肩膀一抽一抽的，而我現在只想被超渡，重新投胎做人算了。

她慢慢停止笑聲，幾乎同時，我的呻吟無可遏止地溢出脣邊，連我自己也嚇著了。

「嗯？」她一邊含住我的乳尖，一邊嫵媚勾我一眼，「舒服？」

我向下瞪她，她一個吸吮，我趕忙咬住自己下脣。

周溺瞇起眼，透露幾分危險，「誰准妳咬著的？我女人的嘴脣只有我能咬破，妳傷了我女人的這筆帳怎麼算？」

我臉上一陣紅、一陣白，熱氣全往臉上衝。

「誰是妳女……呃，唔……啊……」

我扭著身體逃著，她壓制住我，我全身痠軟，竟是一點力也使不上。

周祤瞧我一眼，鬆開了領帶。

照理說我不再被束縛後應該是立刻推開她，順便揍她一頓，但我真的使不上力，癱在她身下，又或許說，手指下。

周祤伏在我身上，那視覺的衝擊，我根本無法用詞彙描寫。更別說她那緩慢脫衣的動作，我感到口乾舌燥，心跳紊亂。

她是這樣美麗的人，如此霸道、如此不講理，還是這麼的……性感誘人。我腦中一片空白，任由她擺布。

周祤的親吻從胸口一路往下至下腹流連，食指勾起丁字褲邊緣，瞧我一眼，「妳該慶幸以前不穿這種東西，不然我就忍不到現在了。」

「我以後也不會穿！」

「嗯。」她低笑，在我大腿內側留下一個吻痕，「妳是不該穿，不然沒法下床。」

「我不是這個意思——唔！嗯……哈啊……」手臂橫過眼，假裝方才那淫蕩的呻吟與我無關，然而周祤拉下我的手臂，清澈的雙眼與我對視。

「那天，我沒有做到最後。」

我微愣。

周翊雙眼輕眨，像對蝴蝶拍翅，飛進了我心裡。她拉過我的手，親吻我的手心呢喃：「我不希望在妳糊里糊塗的情況下給了我，但，若是妳的話，我很樂意把我自己給妳。」

我一時間沒能消化她的話，直到她拉著我的手往身上摸，一路探進她腿間，指尖溼熱滑膩，我如觸電般想收回手，她卻牢牢抓緊。

我吞嚥了下，簡直要暈過去了。我不敢往下瞧，只是看著她朦朧的雙眼都教我難以招架。

可她、她卻自己搖起腰，磨蹭著我的手掌。

周翊靠在我頸窩，雙腿夾緊我的手，我進退兩難，手足無措。大概是等不到我的下一步，周翊睜開燦若星辰的眼眸，輕輕含住我的耳垂，落下一句幾乎把我炸得粉身碎骨的話。

「嗯……妳、妳也不是沒進去過……妳還說跟妳手指很合……」

合什麼合，妳當在算八字嗎？

……不對，所以，我真上過她就對了？臥槽，本日最驚悚。

「妳把我搞得好亂啊！」這幾天不斷刷新我三觀，我就是心臟再大顆，也要心臟病發了好嗎？

「妳也把我搞得很亂啊。」周翊蹭了下我的臉頰，壓了壓我的手指，「妳可以讓妳的手指發揮作用嗎？」

我幽怨地瞪她一眼。

與閨密的閨房樂事大抵是沒有使用說明書的，我一度想跟她說不然妳自己來試試……但我想我可能會被周翊用領帶勒死，於是作罷。

周翊大抵是看不下去，拉過我的手，覆在我的手指上輕輕壓著，我順著她的動作顫顫的用指尖淺淺動著，周翊柔身一顫，輕吟出聲。

好吧，我就再接再厲試試……手掌下探，我往裡邊深入了些，用兩指指腹貼著那處柔軟上下磨蹭著。

我的手指很燙，好像要被融化似的。

我毫無章法的亂動，見周翊閉上眼，神情似是痛苦又似愉悅，腰肢擺動，像是迎合我的指尖似的。我看著她擰起的眉頭，忍不住伸出空著的另一隻手，將它輕輕撫平。

一碰上眉間，她便睜開了眼，我的心跳狠狠地漏了一拍。

長得好看的人有絕對的優勢，尤其是周翊這種逆天顏值，平日已然美麗張揚，此刻染上一抹情慾色彩簡直勾魂。

那雙溼潤的眼睛如一片清湖，蕩漾柔情春意，滿目星點。我懂了李白撈月墜湖是何故，因為連我都要懷疑自己是不是被掰彎了，要不為什麼會感到一絲心動？

喔不，我那直線向前的人生難道真要遇上岔路了？

我還能回頭嗎？哭。

「蘇……嗯……妳、妳為什麼……」她枕在我胸口，身柔似無骨，「哈啊……妳、妳可以伸進去……我、我不介意……」

不，這不是您介不介意的問題，而是……

「我……找不到洞。」我窘迫。

周磢沉默了幾秒，我也是。我尷尬地用手指勾了勾裡邊，無辜道：「我、我也是第一次碰女人，要找到可以插的地方有點……困難。」

我聽見周磢深吸口氣的聲音，不知道是壓抑怒氣還是感到吃驚。

我真的不是故意的，我連個A片都沒看過，健康課也很快帶過這事，我這是情有可原吧……

一陣天旋地轉，我再次被壓在周大美人身下。她夾雜風雨之勢，我幼小的心靈覺得怕。

周磢瞇起眼，忽地咬了下我的手臂，「我真的很想掐死妳這傢伙。」

我感覺到了……

周磢眼神驟變，眉目染上一絲哀色，可憐兮兮地說：「小蘇，妳喜歡我嗎？」

我張大眼，沒想到她會這麼直白地問我這問題。

「喜歡，但與妳的喜歡應該不一樣。」

周磢沒說話，低下眼時，我又說：「我沒有辦法想像妳不在的日子。」

她頓住，單手摸上我的臉頰，「但妳知道的，我們不會一輩子都在一起。妳終究有妳的生活，我也有我的，對嗎？」

我胸口一揪，佯裝鎮定地說：「妳不能老拿妳會離開這件事來威脅我！」

周祤輕笑，擠入我的雙腿間硬生扳開，我下半身成了個M字，真棒。

「我很高興這件事可以拿來威脅妳。」

「……不要臉！」

「我怎麼會不要這張臉呢？」她笑得嫣然，可很快地，明眸黯淡幾分，低下語氣道：「小蘇……妳不可能對我一點點感覺都沒有吧？」

四目相迎，我在周祤眼中，見到了自己。意識到這點，我慢慢地放鬆身子，微仰起頭，瞅著雙手撐在我上方的周祤，情緒複雜。

「該怎麼說呢……」我仍處在莫名其妙跟閨密上床的震驚當中緩不過來，忽然這麼問我，我真想不出個所以然啊……

「……妳呢？」我顫顫地問。

「喜歡。」

周祤的毫不猶豫使我呆住，她瞇起眼，再次重申：「喜歡很久、很久了……小蘇，我對妳的喜歡，是想做這種事的喜歡。」

在我還沒能反應過來前，柔軟的唇壓上我的，吻住了我的質疑。

那是很深很深的吻，彷若摻著周祤的感情一般全心全意，不容我拒絕似的，強勢中又帶著一點溫柔，讓人摸不著頭緒。

與周溺接吻是比我想像中更自然，且莫名的不排斥，但吻歸吻，可以顧慮一下我的肺活量嗎？

「唔……周……我……」我快喘不過氣了！

我推了幾下，周溺才甘願放開，好笑地瞅我一眼，「是不知道接吻可以用鼻子呼吸嗎？」還擰了下我的鼻尖。

她好樣的。

我瞪她一眼，「誰跟妳一樣經驗豐富。」我想，要不是我被吻得喘不過氣，周溺大抵是不會停了。

周溺眉稍一抬，指尖從我眉眼劃過鼻梁，再點了下我的脣，眼裡盡是明媚的笑意，「初吻跟第一次都給妳了，這樣算經驗豐富嗎？」

我被堵得說不出話，瞧她這得瑟的模樣，我忍不住罵了句：「周溺，妳流氓嗎！」

「是妳上了我，我都沒說妳流氓了。」

我安靜，決定不說話。

周溺大笑幾聲滾到一旁，單手撐起身子，視線自上而下瞅著我瞧，食指朝我勾了勾，「我不介意再給妳上一次。」

我眼神死，一點也不想理她，乾脆像隻死魚癱在那消極抵抗。

見狀，周溺又壓了過來，幽幽道：「這是要我開動了嗎？」

我雙手護在胸前，瞪大眼，「妳別過來！別妨礙我思考人生。」

「妳的人生不就是我的名字嗎？」

這女人怎麼能這麼不要臉呢？我斜眼看她，「虧妳說得出口。」

她伏下身，靠在我胸口上笑道：「從出生到現在都跟妳膩在一起啦。」

她這話說得倒是實在。

我與周祤雖是同年，但我還是比她大上六個月。當初我家剛搬來這，其實與隔壁的周家不太熟，就是會互相幫忙簽收包裹的關係而已，一直到我出生時才徹底熟稔。

我這不鬧事不高興的個性，打從我出生前就開始了。我比預產期早了整整十天，殺得我媽措手不及，我爸又剛好在外地出差，根本沒法趕回來。

這時伸出援手的便是周家，義無反顧的載著我媽與我直奔醫院，真不敢想像若是當下沒有他們的熱心幫助，我們母女的命運又將會如何。

兩位媽媽就這麼有了革命情感，還會一起惋嘆可惜不是一男一女，不然就能來個指腹為婚了。

我嘴角一抽，有沒有指腹為婚根本沒差啊，看看這周祤還不是成了採花賊。

對，就是我這路邊野花有幸沾她雨露、蒙她寵愛，下不了床又有苦難言。

「小蘇。」周祤的聲音從我後邊傳來，我回神，這才感到錯愕。不是，她剛剛不是還枕在我胸口上嗎？何時繞到我身後了！

一隻手搭上我的腰，一個收緊，滾燙的柔身從後貼上我的背，我都替她擔心胸前兩團乳肉會變形。我摸上她的手背問：「幹麼？」

「等不到妳上我，我只好自己來了。」

背脊還真是連我自己也不知道的敏感帶呢。她那舌頭滑過，我全身戰慄，起了雞皮疙瘩。好不容易冷卻的情慾再次被撩撥，我苦啊。

手臂穿過我與床墊之間，兩手攀上我胸前，抓著我的軟乳揉著。我不是沒掙扎，但我的掙扎在周祤的手指下都是抗議無效。

她就像是一陣風，將我這落葉捲逝遠方，帶我到一個連我自己也未曾想像過的地方。

「不過就揉一揉，妳怎麼淫了……」周祤一隻手滑過我腰側，在我大腿內側打轉著，「真喜歡妳這色色的身體。」

「妳別說話！」我耳根子都熱得可以蒸蝦了。

周祤輕笑，「好，我不說話，我就做我的事——」

然後我聽見了有什麼東西從枕頭下抽出的聲音，才正想找聲音來源，我眼前竟一片黑！

「我操妳的！妳蒙我眼睛是想死嗎？」我可真被嚇著了。

周祤只是收緊雙手將我圈在懷中，依在我耳邊呢喃：「等妳找得到我的洞再來跟我談操我這事。」

不過就一個失手至於嘛！

她壓上我的背，我順著成了趴姿，腰被她抬起，成了羞恥至極的姿勢。我奮力抬起頭，「我去妳的死變態！妳——」

人失去本該有的器官作用，總會在別處增添補強，我現在就是這樣。因為看不到周祤，所以她挪的每一吋我更敏銳，全身繃緊。

「小蘇，我現在在親吻妳的大腿內側。」

「妳、妳別說！」我一點也不想來個實況轉播！

周祤一邊笑，一邊揉著我的臀，「可妳看不見啊，我讓妳心安點。」

妳是想要我羞恥至死吧！我抱著枕頭，悶聲承受她的肆虐與淫語。

雙腿被扳開，我能感覺熱氣與溼舌湊近，她不過輕舔個幾下，我便抓緊枕頭哼哼唧唧，不禁覺得自己真的太沒骨氣了。

「現在我一邊揉著妳乳尖，一邊摸摸這裡，聽，都溼答答了呢，要不我幫妳舔乾淨點吧。」

「妳別說話！」我都要瘋了。

我聽見她的輕笑聲，又忽然被攔腰抱起，我感覺到自己坐到了她腿上，而我鼻尖撞到了她胸口，吃疼的皺了下。

周祤摸著我的後髮，下巴靠在我的頭上，「現在，妳坐在大腿上，弄溼了我的腿呢，嗯，那句話怎麼來著？霪雨霏霏？」

「妳真的很煩……」因為覺得太羞愧，我就隨便找個地方遮臉，剛好就抵在周rather的胸前。

周rather壓著我的後腦勺，我什麼都看不見，只聽她幽幽說：「小蘇，嘴巴張開。」

「我才不——嗯！妳、妳不能……」看不見她，意味著她每一步行動都不在我的掌控範圍內，每一下撩撥都是突襲。

她的手順著背脊線條向下滑，抓幾把我的臀部，再往裡邊探。她的指尖在那溼熱的幽處徘徊。

連我都能感覺到身體在歡迎她，要不然那裡也不會如她所說的霪雨霏霏。

「是啊，妳那兒芳草沾露，香氣馥郁。」周rather咬了下我的耳朵如此道。

別把妳中文造詣用在這地方啦！

我沒有辦法控制自己不為此痴狂，腰不自覺地擺動，就為了讓她的手指更貼近深處。

「真色，小蘇。」

「妳、妳別吵……嗯……哈啊……」

周rather單手托住我的臉，忽地往旁一帶，我的臉便埋入柔軟之中。我的舌尖不經意掃過一塊突起，一聽見周rather的輕哼，我一時沒會意過來，多舔幾下便懂了什麼。

那、那是周rather的乳尖對吧……

舔閨密乳尖這事，說出去我真不用嫁人了。

我不是沒看過這豆點大的紅果，可從沒想過要舔一舔啊、轉一轉啊，怎麼這麼說起來像是某牌餅乾的廣告詞？

我也很想繼續保持輕鬆，假裝自己沒深陷她的柔情之中失了方向，再淫了下邊，連帶一起失聲，真棒，三種願望一次滿足。

可我這人就是這樣，一不做，二不休！而且挺新奇的，我就這麼舔出了心得，舌頭在那上頭轉啊，甚至能感覺周翮微微的顫抖與壓抑的輕吟。

周翮一手壓著我的後腦勺像是鼓勵，另一手揉著連我自己都沒有如此對待的芳幽之處，我無法訴清的快感如海潮一波波湧上，幾乎將我淹沒。

可這已經無法滿足我體內的小饕餮了。

我閉起眼，靠在她胸口拉著她的手腕，求她別在外邊打轉。

周翮扶著我的後腰指腹摩娑，「為什麼拉著我的手？嗯？」

「妳、妳明明知道……」我垂著頭，聲細如蚊：「妳不能總在那兒轉啊繞啊，妳當妳在找停車位嗎？」

周翮噗哧一笑，手掌收回，按著我的腹部一邊低道：「是啊，我找不到可以進去的地方，要不妳告訴我吧？」

睚眥必報的女人！

忽地，我感覺到自己被一股力量往前拉，我完全沒防備地向前撲！幾乎是同一時間，有什麼抵著溼熱的花心，輕而易舉的滑入幾吋。

我呼吸一凝，後知後覺的意識到……我真坐上她了。

因為見不著她，所以我比自己想像中的……沒有羞愧到想死。

周翾的手扶著我的腰，笑語如風，「哎呀，真給妳撲倒了。」

不要一邊說，一邊揉我胸部可以嗎？

「妳自己選吧，小蘇。」指尖若有似無的搔刮著，每一下都狠狠地勾起裡邊的空虛。

她是要讓我選要不要坐下去，還有，做下去。

周翾捏揉我的手指，忽地親吻我的手背，摸上蒙我眼的布，緩緩向上拉。

「我想看看妳高潮的表情。」

兩指挺進，我抓緊她的肩膀，悶聲承受。

周翾托起我的臉，舌頭撬開我緊閉的脣，我那想壓抑的呻吟溢出脣邊，隨著律動高吟低喘。

與周翾做愛，竟比我想像中來得自然，沒有疙瘩。

我能感受到她在我體內的探索與侵略，她壓低身，我跟著向後倒。她擠入我雙腿間，手沒停下，低頭伸舌舔弄。

「嗯……哈啊……啊……」手臂橫過眼，我的腰抬高，前後搖。

「真貪吃，纏著我的手指不放。」顛簸中，她如此道。

我沒力氣瞪她，身心全盤皆輸。

或許就像張愛玲所說，通往女人心的路，是陰道吧。要不我怎麼會在這一刻，感到心臟脹痛，滿滿的，都是周硃。

這感情來得太快、太快了，我感到害怕。可我無暇多想，被她的手指送上了雲端。我夾緊雙腿，被填滿的瞬間，渾身痠軟。

我癱在床上，大口大口地呼吸。周硃抽出手指時，我抖了下，仍極為敏感。她貼上來，橫抱我的腰，「過來，小蘇。」

我掀開眼瞧她，滾著下床。

周硃把我壓在落地窗上，我根本來不及反抗，她的脣便壓了過來。她吻遍我的全身，蹲下身，打開我的兩腿湊近。

我手壓著她的後腦勺承受第二次肆虐，床上一遍，這邊又……她翻過我，我向前壓，上半身貼在窗上。

「外頭夜景好看嗎？」她在我雙腿間抬起頭笑問。

「妳、妳別說話！」

「嗯，我不說話，那妳也忍著點。」

兩指挺入時，我微微踮起腳尖，雙腿夾緊，我根本沒法控制。我趴在窗上呼吸急促，玻璃面上都是我吐出的熱氣而有的白霧。

指尖收緊，幾乎要把玻璃窗都給抓破了。

喀喀、喀喀……那窗耐不住兩人的摩擦，發出了微微碰撞的聲響。

我不確定自己能否不腿軟，事實上，我還是在第二次高潮雙腿一軟，險些滑下。是周弻撈住我，我手臂攀著她環住，輕喘道：「妳、妳消停些……」

周弻親了下我的臉頰，「可是妳的小嘴吸住我的手不讓我抽出來，妳說怎麼辦？」熱氣往臉頰衝，我瞪她。

周弻吻了過來，「放心，妳受得住的。」她貼著我的耳朵，指尖磨著，「我也還不累。」

妳不累老娘骨頭都要散了！

周弻抱起我，我怕滑下所以雙腿勾住她的腰。我問她又想做什麼，她把我推到梳妝鏡前。我不敢看鏡子裡交疊的胴體，可周弻扳過我的臉，要我直視。

「妳看，妳高潮的表情多迷人。」

「我不——嗯！啊……哈啊……啊……」

雙手攀在木桌上，周弻一手橫過我胸前，另一手撫摸我的臀部。我清楚見到鏡中她柔媚的笑容，以及，我臉上的迷亂。

我不知道怎麼形容那視覺衝擊，親眼見著周弻低下頭舔弄我乳尖的模樣，我竟不爭氣的溼了。她指尖一摸上藏在芳草中的紅果，我呻吟。

周弻簡直是頭失控的小獸，橫衝直撞又不可理喻！我抓著她質問：「妳怎麼那麼熟練？妳跟誰搞過？」

周翊眼眸深沉，壓著我，手指挺入，「我在夢中想過一遍又一遍，妳知道妳在我夢中是怎麼樣的嗎？」

我艱難地看向她，「妳夢了什麼……」

周翊低下頭，啣住我下唇道：「在夢裡，妳沒有一次不被我操到哭。」

流氓！哪來的流氓！

第四章

我與周祤能成為閨密是許多巧合而有的必然，我倆雖然個性相差甚遠，可價值觀、生活習慣等皆是完全契合。

別看我這樣，我其實有點潔癖與強迫症，周祤更是，但我完全不覺得這是可以當作把我抱進浴室，嚷著要幫我全身洗乾淨的理由。

我坐在浴缸邊，溫水灑下，心裡也是一場滂沱大雨。這與之前的鴛鴦浴意義截然不同，那時我還可以騙騙自己，裝作什麼都沒發生，現在呢？

周祤笑容溫潤，兩手搓揉泡泡。我原本以為周祤會往我身上抹，然而她沒有，只瞧我一眼，便逕自在她身體四處抹上泡泡。

我想從善如流，卻被周祤打了下手背。

我委屈地說：「妳打我做什麼？」

周祤瞪我一眼，「誰說妳可以亂動？」

「不然我怎麼洗？」我回嘴。

周祤氣定神閒地又往自己身上抹了些，瞅我一眼，「站起來。」她嫌我慢，直接把我拉起來，轉過去。

我正想問她又想做什麼了，竟是周禰從後貼上，雙手穿過我手臂，圈住我的腰。我頓住，在她緩緩扭腰擺臀時腦中炸開。

「就洗澡而已！有必要這麼色情嗎！」我扭過頭抗議，不意外我後來的話全被隱沒於脣舌之中。我雙手攀上洗手槽，就像是一根人體鋼管，任她在我身上搔首弄姿。

別人騷起來是俗氣，周大女神騷起來叫做勾魂。

「我們的友誼小船簡直說翻就翻……」我決定說些不著邊際的話，來稍稍冷卻一下過熱的迷情氛圍。

然而周禰就是周禰，輕而易舉地化解我的小招數，「我們的友誼是高山流水。」

她邊說指尖邊滑過背脊，一路探進芳幽，一邊揉一邊道：「嗯，這裡的確是汩汩流下的幽澗泉呢，嘗起來也是鮮甜。」

我被實力調情了一臉，羞憤道：「妳的國文老師聽妳這般曲解絕對會哭！」我扭腰閃著她的手指，還真欲哭無淚。

「我會親自向她老人家賠罪，現在，我想先把我家小蘇洗乾淨。」她扣住我的腰，這次把我翻過身，她纏上我，雙手環住我的脖子，朝我跳豔舞。

對了，忘了說，雖然周禰不是熱舞社的，但她舞技也是一流，於我來說是青出於藍；高中時，她也常私下陪練，而她比我更擅長跳些挑逗人心的豔舞，但我萬萬沒想到，我那時一手調教出來的對練，有天她會反彈回來令我招架不住。

周祤的外型優於我，眼睛更是會說話，眉梢一勾，我方寸大亂，特別懊惱。有種養老鼠咬布袋的錯覺。

我後退，她逼近，抓著我不放。我嘸了嘸，忍不住羞道：「妳這是吃春藥吧！」怎麼能這麼精力旺盛！

周祤眼眸深沉，貼上我的唇呢喃：「看到妳我就發情，不需要春藥。」

我何時在身邊養了一個變態我怎麼不知道！

「不過。」周祤指尖滑過我的鎖骨，流連在我胸口，再繞著乳尖打轉，「妳倒是，別再亂喝別人給的飲料了。」

我愣住。

「什——唔！妳……」她那句話令我很在意，非常在意。可周祤像是想堵住我嘴似的撬開我雙唇，再纏住我舌頭，我腦袋發熱，根本無暇想下去。

她把我推到浴缸邊，我向後坐到邊上，她便順勢坐了上來。

我覺得我那直女之路岌岌可危。

「妳不知道。」周祤指尖滑過我眉眼，在我唇上逗留，「沒有掰不彎的直女，只有不夠主動的攻嗎？」

什麼歪理！

「都是女人，哪邊能讓妳飄飄欲仙我怎麼不懂呢。」她拿起一旁的蓮蓬頭往我倆身上淋，水柱澆在身上時我忍不住打個哆嗦，她的手滑過我身上四處，一路撫進我腿間，往旁扳，蓮蓬頭就這麼湊過來。

「妳！」我趕忙夾緊雙腿，她半身擠進，兩指撥開花瓣，「幫妳洗乾淨，躲什麼。」她向上瞧我一眼，「還是妳平常不會這麼洗？」

當然會！可我一點也不想被妳這樣洗！

周裍單膝跪地，抬起我一條腿，那眼神可真專注，我簡直要羞愧死了！我掙扎，在凌亂中感覺有什麼東西塞進了我裡邊。

「唔，呃……嗯……」

我被推進浴缸裡，周裍伏下身，唇角笑容狡黠又美麗，「裡面我洗不到，所以讓個東西進去震震。」

「你他媽塞我跳蛋！」我又氣又羞。

「真聰明。」周裍晃了晃手中的遙控器，「就是要讓這小東西替我效勞，不過真沒想到能這麼輕易塞進去，真色的身體。」

「妳、妳別說！不……呃……哈……」

我被折騰得瞇起眼，想抓一旁的桿子當作施力點，可卻落入了大野狼的懷抱。我趴在她胸口上，雙腿隨著震出的快感不安地摩擦。

「拿、拿出來……」我抓著她的手臂，話語支離破碎，「我恨死妳了……」

「那妳別一臉淫蕩說恨死我啊。」周霺笑容不減，依在我耳邊低道：「那會讓我更想欺負妳的。」

「哈啊！不……嗯啊……啊……」我是不太清楚周霺做了什麼，可我能感覺那小東西強度增強幾分，在我體內亂竄著，簡直要把我逼到崩潰了。

我抬起頭，狠狠瞪向一臉得瑟的周霺。

可她只是眨眨眼，親了下我臉頰，手往下探，指尖在幽處徘徊，「吸得真進去，妳是不是很喜歡？」

「妳、妳別說！」

「哦，我不說。」周霺的手指探入幾吋，「那我拿出來看看被妳弄得多溼。」

我撇開頭，一點也不想聽這流氓說話！

誰知周霺拿是拿了，卻拿著小東西淺入深出，我無力趴在她身上，連咬她的力氣都沒了，腦海一片空白。

真的，太舒服了……

周霺貼上我，胸前雪乳蹭著我，呢喃道：「抱歉，原諒我這麼失控，但接下來我會有好一陣子看不到妳。」

我掀開眼，想問她怎麼回事，可那小東西在我身上跳，我這是自顧不暇，癱在她懷裡，真覺得骨頭全散了。

朦朧間，我好像被抱出了浴室放到床上，周祤不知道在我耳邊說些什麼，像隻蚊子嗡嗡叫。

後來，我真沒再見到周祤。

她只留下一句「我有事，妳等我回來，就半個月」，便走了，消失得無影無蹤。

❤

這應該是我有記憶以來，第一次與周祤分別這麼久——我是說沒有消息的那種。

慌張嗎？我是還好，倒是我家女王妹妹與少爺弟弟比我還慌張。

我兩手一攤，表示不知情。

我被女王妹妹拉到角落，她冰著一張臉問：「妳們是怎麼了？」

我彈了下她的額頭，要她別擔心。她周姊姊本事過天，不可能出事。

我這個被吃乾抹淨的人，都不介意她簡單留句話後拍拍屁股走人，旁人急什麼呢？

女王妹妹狠瞪我一眼，話鋒一轉，轉到了那件戰鬥衣上。

我臉上一陣紅、一陣白，告訴她衣服壞了。

「怎麼壞的？」

我摀臉，「妳別問了。」

「哦，那是被撕成幾片？」

「別說了！」我都想挖個洞鑽進去了。

不甘寂寞的少爺弟弟湊上來，眼巴巴地問：「周姊真沒給妳留言啊？還是內容太十八禁妳才隱瞞我們？」

我也希望是這樣。

我笑彎雙眼，揚起脣角沒個正經地說：「搞不好她去結婚啦。」

那天下午我差點被打死，哭。

四天連假結束後，我回到公司上班。

我是商科出身的，進了公司的財務部門，而周翮雖是中文系出身，但她外型亮眼又擅長面對人群，進公司做行銷企劃，那才是她的專長。

所以上班時間沒見著周翮是正常的，我倆專長相差甚遠，部門也是不太會碰在一塊。

不過周大女神自學生時期就是直接往各系跑，幾乎每個人都知道校內有這個一個美人。

有這樣的閨密，我是驕傲的。

曾經有人懷疑過我，怎麼可能不會感到忌妒羨慕？呃，說實話，我也不知道皇太后當初生我到底哪兒抽了，女生的小心眼兒我是一點也沒長齊。

況且，忌妒這件事，不是女生專利。只要見過男生之間怎樣互相捅刀，就知道女生間的伎倆不過是小菜一碟；再者，耍心機是最基本的生存要件，畢竟善良被人欺。

不過我是萬萬沒想到，我的閨密有天會想篡位當情人，而且把人給上了，上就上了還這麼走了，真的很棒。

我其實不是真的完全不在乎，要不我也不會在上班時間頻頻往周翊位子方向看，失了神。

午休時間，章章來找我蹭飯，我倆便在員工餐廳角落一起吃飯。

公司有三個地方能聽到八卦：洗手間、員工餐廳、茶水間，想聽八卦在這三個地方蹭就對了。

「妳今天很不在狀況內哦。」章章很是精明，我自認自己藏得不錯，可還是被她一眼看穿了。

我苦笑，筷子玩著飯，「哪有。」

「妳是怕被經理找去所以才悶悶不樂的嗎？」

「什麼？」我沒會意過來，疑惑地看著章章，只見她忽地朝我豎起大拇指，「妳敢對經理跳熱舞真大膽。」

噗！我嗆到差點噎死自己。

「什麼？」我瞪大眼。

章章一臉不可思議，「妳不知道那天邀舞的人是誰嗎？啊，也是啦，依妳的個性，要是知道他是經理肯定閃遠遠的。」

我頓時冒冷汗，背脊一涼。

「那位經理還是個黃金單身漢，很多女同事很哈他的，沒想到被妳捷足先登。」

不……我真沒那意思。我頓時覺得一切都不好了。不過幸好並沒有節外生枝……

「請問我能坐這嗎？」

我猛地抬起頭，座位旁忽然多了兩個人，一男一女。我還沒會意過來這是怎麼回事，倒是對面的章章先扔下我跑了！

「經理！副理！我吃飽了！你們三位慢慢吃！」

吃個屁！對面坐兩個高層，我一個小職員瑟瑟發抖就飽了還吃個屁！好一個章章，居然先落跑……我眼巴巴地看著她遠去的背影，欲哭無淚。

「抱歉。」那是經理的聲音。

我一抖，經理低聲下氣的道歉把我魂都嚇飛了。我堆起滿臉笑容，慢慢轉過頭朝著對面的經理與副理微笑說：「沒、沒什麼好道歉的，你們吃飽了嗎？不然我給你們夾菜去吧——」

我才剛起身，手腕就被輕輕拽住。我怔怔地看著副理，她抬起頭，笑容溫潤，「我跟妳一起去吧。」她又轉頭朝著經理說：「詹，你的菜我幫你夾可以吧？」

「好啊，反正吃什麼也不是重點。」詹經理如此道。

哇，這兩人交情還真好，會不會是一對呢……

我邊暗自揣測經理與副理的關係，邊反覆思考到底是什麼時候、什麼原因，讓我同時招惹上經理與副理——唯一能想到的可能，就是那晚我答應邀舞的那位經理，也許就是詹經理。

媽啊，要是知道他跟副理是一對，我肯定打斷自己雙腿，還跳什麼舞！

我被副理牽著鼻子走，根本不知道發生什麼事，只能傻傻地看著她淡然的側臉，兀自心驚膽戰。

副理瞧我一眼，淺哂，「懿茜，妳幫我挑我的菜，我挑詹的。」

這這這……副理怎麼會知道我這小職員的名字啊！而且叫得這麼順口到底是……

我心裡是萬馬奔騰，但仍裝作泰然自若的接過盤子，我想問她不吃什麼，但她挑得極快，我也只好趕緊挑了幾道我愛吃的菜應付。

回到座位上，詹經理朝我微微一笑說：「我想先為我的唐突道歉。」他舉起杯子繼續道：「那天我該先跟妳自我介紹再邀舞的，但事後我想找妳卻沒看見人，所以……」

我死命搖頭，「不！沒、沒什麼！那晚我也玩得很開心哈哈……」真奇怪，這副理為什麼坐我旁邊……

我不敢往旁邊看，深怕對上副理的視線，那我會尷尬到不行。而且無論是對面的詹經理還是身旁的副理，我根本都不熟啊！

詹經理掃了眼副理的盤子，笑道：「真不錯，妳挑的都是小姜愛吃的，妳們肯定能成為朋友的。」

我看我還是別喝水了，免得噎死我自己。

「是啊，我有點訝異。」

這姜副理都跟我搭話了，我能不看人家嗎……我深吸口氣，慢慢轉過頭，「合妳胃口就好。」

不知道是不是錯覺，副理忽地朝我上下掃一遍，那雙漂亮的眼睛多了幾分笑意，「嗯，妳很合我胃口。」

噗！我一個沒忍住嗆到，副理搶在我之前抽了幾張衛生紙，朝我嘴角一擦，「抱歉抱歉，嚇到妳了。」

「沒、沒事，我反應過激了哈哈……」我怕死了，真怕死了。我繼續笑道：「只是玩笑而已嘛，是我自己嚇到了哈哈哈。」

「玩笑？」

我慢慢止住尷尬的笑聲，在她深沉的目光下，我忽地背脊一涼，有種很不好的預感……

副理她伸手整了整我的衣領，「懿茜，今天來找妳，是想問妳的意願。」

我眨眨眼，「什麼意願？」

「先跟我做個朋友，怎麼樣？」

我的小心臟都要病發了。

忽地，副理笑出聲，低眉淺笑，「妳介不介意我比妳大了一些？」

「我是不介意，但——」

「那下班跟我喝個咖啡。」副理纖長的手指覆上我的手背，「妳沒有其他約吧？」

我怔怔地搖頭，等人都走了我才懊惱得胃疼，是不是一不小心把自己給賣了……

❤

我秉持著「知己知彼，百戰百勝」的心態向章章打聽經理與副理的事。可能是我第一次找她挖人八卦，章章可興奮了，拉著我喋喋不休，簡直是要把人祖宗十八代全翻一遍似的。

我忍不住苦笑道：「章章啊，妳也太會收集八卦了。」

章章眨了眨無辜大眼，「我也曾對這對 CP 很感興趣的，可惜我所聽來的全是經理與副理之間沒來電，只是好朋友，各有各的天空呢。」

「好朋友？」

「是啊，聽說兩人大學時期曾一起赴海外攻讀學位，回國一起進了這公司賣命，感情可好了，但就是沒在一起，這可是他們曾公開否認的事。」章章一臉惋惜，「可惜了一對神仙眷侶。」

章章這話可不誇張。

經理相貌英俊，若和之前與周翃相親的黃先生相比，黃先生的帥是直接的、率性的，可經理的好看是細膩的、紳士的，中午與副理站在一塊那叫做養眼。

而姜副理和周翃一樣，都是美人胚子，可氣質相差甚遠。周翃的美麗是驕傲的、張揚的，足以妖惑人心，姜副理沉穩低調，成熟富含韻味，就像是學生時代會特別崇拜的那種學姊。

章章聊得可起勁了，她說公司有三大美人：姜芸甄、周翃、藍亞倩，有幸一睹三位風采，整天如沐春風。

「周翃不是剛進公司沒多久嗎？這麼快就進排名啦？」我咬著布丁湯匙問。

章章睨我一眼，「妳也太後知後覺了吧？她進公司那天可是造成全體暴動耶，妳作為她的好朋友一點都沒發現嗎？」

「嗯……沒注意。」我又挖了口布丁往嘴裡送，「真好吃！」

章章撫額，受不了似的說：「妳這是暴殄天物！」

「周翃我從小看到大，早習慣了。至於旁人怎麼看她，那也與我無關。不過……」我腦海中忽地閃過姜副理的面容，嘖嘖道：「姜副理真漂亮，難怪在排名裡。」

「算妳識貨！」章章雙手抱胸，頗驕傲地介紹道：「姜副理是熟女代表，特別有御姊範兒，女王一個。做事雷厲風行又果斷無情，可有不少她的傳聞。」

「傳聞？」

「是啊，有人傳說她跟詹經理之所以不來電，是她壓根對男人沒興趣。」

「咳！咳、咳……」我今天怎麼吃東西老噴出來？我鬱悶，邊認命擦嘴邊反駁：「那是亂傳的吧，聽聽就好了……怎麼可能呢。」

「這可是有根據的。」章章神祕兮兮地說：「要不像詹經理這種天菜放在身邊，姜副理怎麼沒收編？」

像我身邊也有個周翖啊，要不是她上了我，我根本不會往其他地方想。不過這話我是不能跟章章說的，要是不小心說溜嘴，隔天公司就都會是我與周翖的新聞了。

總之，我大概知道姜副理的來歷了，現在就看我下班能不能溜走，蹺掉莫名其妙與姜副理訂下的咖啡之約……

我與章章道謝後便獨自去洗手間，站在洗手槽前，我嘆口氣，低頭掬一把水往臉上撲。

再次抬起頭時，我閉眼往旁摸衛生紙，手上卻多了一條手帕。

「哦，謝謝啊。」我也沒多想，正要接過時，頭頂上傳來一句：「我幫妳吧，眼睛閉著。」

我一抖，肩膀被捉住，臉上滑過柔軟的毛料。

姜、姜副理……那是姜副理的聲音吧！

我猛地睜開眼，迎上一雙笑吟吟的眼睛。

「好了，希望我沒有嚇到妳。」

我趕緊將眼神飄往他處，「沒有，沒有，謝謝副理。」

「私底下就不要喊我副理了，有點生疏。」姜副理打開水龍頭，纖細柔美的手放到水柱下，「妳知道我名字嗎？」

「呃，剛剛才知道。」

「剛剛？」姜副理語調稍稍揚高，「妳向張筱章打聽我了，是嗎？」

臥槽！料事如神！我冷汗直流，走也不是，躲進廁所也不是，只好嘿嘿兩聲帶過。我可不想害了章章啊……

姜副理瞅我一眼，笑容迷人，「沒事，我很高興。」她溼漉漉的雙手擺在我面前，在我疑惑的目光下，她昂了昂下巴，我這才發現我手上有方才的手帕。

「替我擦擦。」

「啊，好。」不對啊！我好什麼好！我真想掐死我自己。但我還是認命地替她仔細擦了遍她那雙堪稱精緻的雙手。

姜副理抿脣微笑，「謝謝妳，懿茜。妳介不介意我問妳從別人那兒聽說了什麼？」

介意！超級介意！不就幸好章章都是在捧這位熟女姊姊，不然此刻我真替她捏把冷汗。

「那、那個……」

「別緊張。」姜副理輕輕握住我的手，「就用妳那晚跳舞時的樣子對待我就可以了，那晚妳很迷人。」

臥槽，現在到底發生什麼事了？

我怔怔地看著她，滿臉不敢置信，「呃，妳、妳在場嗎？」

「當然，基本上詹在的地方就會有我。」姜副理伸手拂過我的髮梢，「我喜歡妳跳舞時的笑容，特別好看。」

哦……好……謝謝……

「那麼，我們晚點聊。」

我才鬆口氣，誰知姜副理微微握緊我的手，脣角的笑容深了幾分，「妳不跟我說些什麼嗎？」

呃，小的該說些什麼呢……

「姜副理再見？」

那雙美眸黯淡了些，她低下眼，聲音陡然輕了幾分，「妳不是知道我的名字嗎？」

我知道不代表我敢喊啊！可姜副理都這樣看我……而且還握著我的手，誰知道等會誰會進來！

我心一橫，趕緊道：「芸、芸甄？」我的聲音在抖啊啊啊……

「嗯，很好。」她的笑容優雅明亮。

「不過我喜歡妳叫我姜芸。」姜副理摸摸我的髮，朝我眨了下眼，「我很期待下班與妳的約會，再見，懿茜。」

姜副理優雅地轉身離開，我則站在原地懷疑人生，懷疑我身邊怎麼百合花開。

我慢慢蹲下身抱頭，真覺得自己惹上了一個不該惹的人！這要是給周祤知道了……我打個冷顫。周祤還是別回來好了！

這麼說起來，其實我一直都是同性緣優於異性緣的，哭。我收過的第一封情書不是學弟給的，是學妹啊！可愛的學妹啊！我那時在風中凌亂，懷疑自己是不是生錯了性別。

我也曾受學姊愛慕之類的……可我一直都不以為然，因為我很清楚男生之所以不喜歡我，只因為他們當我是哥們。

唉，我內心淚流滿面啊。

我拍拍臉頰，告訴自己這不過是場夢，等姜副理對我膩了就不會再來找我了。我這麼祈禱著，要不等周祤回來我不被她掐死才怪。

我不跳舞了！要是知道跳舞會勾來姜副理我哪敢跳！然而這些都是我再後悔也無法改變的事實。

下班時，姜副理真在公司樓下掛著一派從容又優雅的笑容等著我。

我我我……

「懿茜。」姜副理打開車門，朝我伸出手，「走吧，妳肯定餓了。」

不，看到妳我就飽了……但我還是在她湊過來撫上我的後腰時，硬著頭皮坐進了副駕駛座。

哎，我不管了！

不讓周祤知道就行了吧！我就偷偷摸摸來！

❤

不知道是不是跟姜副理待在同一個小空間，我總覺得雙頰發熱，有些頭暈。

心細如她，半降車窗，關心問：「懿茜，妳的臉有點紅，是身體不舒服嗎？」

看到妳我都不好了，鬱悶。

我朝她堆起滿臉笑容表示無恙，她目光溫柔拂過我臉上每一吋，看得我心驚膽戰。

御姊的魅力還真不可小看，尤其開著車的……我默默移開視線，望向車窗外。

我覺得會開車的女人很帥氣，這是我那時考駕照的動力之一。當初周祤早我一步考到駕照，我坐她的車，她開車的模樣帥了我滿臉，我就立刻跟著考了。

再加上我家皇太后在那邊念：「我說妳大周祤六個月！怎麼人家比妳早一步考到駕照啊！」

因為我懶啊。

「到了。」

我回過神，想趕緊解開安全帶，鼻尖忽地飄過一縷花香。我怔怔地向後縮，髮絲撓得我鼻尖有些癢。

「我替妳解開吧，畢竟妳是第一次坐我的車，之後就熟了。」

沒有下次！沒有之後！沒有多坐幾次！我內心哀號，卻也不敢跳車。

姜副理為我解開安全帶後，便下車繞到副駕駛座旁替我開車門，我真的受寵若驚、無福消受啊……可一對上她溫潤的笑容，我便沒了底氣。

唉，姜副理可以說是我最不會應付的類型了。

她沉穩且充滿韻味，不像周翙般張揚豔麗，對一般人來說，應該是更好相處的類型，但我卻不知道該如何應對彬彬有禮的她。

說來，若不是我與周翙是青梅竹馬，從小一起長大，跟她站在一塊我也是無地自容的。

周翙太耀眼了，身上有著我無法直視的光芒。

至於姜副理，可能是因為年齡差距的關係，她就像姊姊般令人感到溫暖。

……前提是別做出像是挽著我的手臂、替我拉開椅子、詢問我點餐的意見等小動作，怎麼看都像是情侶出來吃飯好嘛！但我們不是這種關係啊！

我欲哭無淚。

「嘗嘗，這裡的沙拉不錯。」姜副理的湯匙湊近我脣邊。

雖然我想接過湯匙自己吃，但看她眉頭一皺，我就非常孬的乖乖張開嘴讓她餵食。

她似乎是餵上癮了，來個妳一口我一口，求放過啊！到後面我真受不了了，才婉轉開口：

「那、那個，其實我可以自己吃……」

姜副理收回手，脣抵湯匙，盯著我瞧。那眼神看得我心底發燙，萬隻草尼馬疾奔而過。

她放下湯匙，「懿茜，妳那湯能給我嘗嘗嗎？」

她都這麼說了，我自然義不容辭地把碗推向她，誰知我指尖才剛碰上，她眉頭一皺，我便怯怯地收回手。

「這裡有湯匙。」姜副理遞給我，「舀給我一點吧。」

我後悔提剛剛那愚蠢的提議了。我寧可被當寵物餵食好嘛！我寧可當一隻寵物妳懂嘛！什麼尊嚴！什麼面子！我不管了！

在她眼神無聲催促下，我顫顫地接過，硬著頭皮舀了點湯，她立刻傾身湊過來，視線自下而上瞅我一眼，「妳身上真香。」

我一抖，湯就這麼灑出來了。我嚇得趕緊拋下湯匙拚命抽衛生紙，「對、對不起！」我胡亂擦著她的胸口與大腿，想著她這身衣服我要工作幾年才還得了啊！

「沒事，別擔心。」她捉住我的手。

我歉然地看著她，「不然吃完飯後外套給我好嗎？我洗乾淨還給妳。」

「當然好。畢竟我喜歡妳衣服的香味——」姜副理脣角一勾，「還有妳。」

我趕緊站起身，落下一句「我去廁所！」就這麼逃了。不知道是不是我的錯覺，我似乎聽見了姜副理的輕笑聲。

我只想哭啊！這是我吃過最艱辛的晚餐。

我拖著疲憊的身軀走進洗手間，我瞧了眼鏡中的自己，怎麼臉上紅潮仍未散？

我真想不透姜副理為什麼要這麼做，頭疼啊頭疼。我拍拍臉頰，決定趕緊把這晚餐吃一吃吧。

我也不知道自己哪來的預感，總覺得這幾天周祤就會回來了，心裡七上八下，絕對不是我心虛，我沒什麼好心虛的！

一走出洗手間，我就看得失神了，美人如畫，大抵就是在說姜副理吧。

她微微垂頭，將髮撥攏至右肩，單手支著下頷，側臉優雅沉靜，與四周喧囂隔開，自成一方靜謐。微微側過頭朝我一笑時，彷若春風拂過，冰雪消融。

姜副理不愧是公司三大美人之一，我暗嘆。

坐定後，我看著眼前的美食佳餚，竟毫無胃口。

我總覺得頭暈腦脹，有些吃不太下，但為了不拂她面子，我還是忍著把它吃完，不想辜負對方的好意。

吃到後面時，不知道是不是姜副理看出什麼，忽地按住我拿叉子的手，招來了服務生，讓他打包了。

我詫異看著她。

她微微一笑，「謝謝妳這麼體貼，但不用勉強，我讓人打包就是了，不浪費。」

姜副理人真好……我忽地感到有些愧疚，拚命想逃開姜副理的我，好像有些以小人之心度君子之腹了。

「不過，妳氣色真的不太好。」手撫上我的臉頰，她擔憂地看著我，「我先送妳回家吧。」邊說邊摸上我的額頭，「不會感冒了吧？」

感冒？雖然不太明顯，但從食慾不振與雙頰潮紅來看，的確有點像感冒的症狀。

對剛認識的人就報自己家裡地址似乎不太好，但在姜經理的擔憂勸說下，我還是妥協了。

「妳家有人嗎？」

我搖頭，「我爸媽跟團旅遊，弟弟妹妹去畢業旅行，我自己睡一覺就好了。」我單手撐臉頰，頭有些昏沉。

停車後，姜副理扶著我走近家門。我有些暈，她摸了摸我的後腦，又順著往下摟住我的腰，一邊道：「妳家玄關的燈好像開著？」

「我家有留燈習慣，不是有人在。」

我對這親暱感到有些尷尬，但想想姜副理也是出於一片好意，便不掙扎了。

「這樣啊。」姜副理忽地溫柔一笑。

我疑惑地問：「怎麼了？」

「好像更瞭解妳了，有些開心。」

啊……我還真不知道怎麼回，再加上我的喉嚨開始痛了，乾脆閉上嘴不說話了。

在我找到鑰匙的同時，我家大門居然開了！

「妳回來——」

打開我家大門的那個人，就是好久不見的周硎。

我瞪大眼睛看著她，她同樣震驚地看著我，以及，姜副理。

我內心轟然巨響，四個字炸成漫天煙花。

……我死定了。

第五章

我可以解釋，真的可以解釋，前提是我能好好說話。此刻我喉嚨疼得彷彿要燒起來似的，有苦難言。

對視個幾秒後，周翎一語不發地讓出走道，反倒是姜副理先開口：「懿茜身體不舒服。」邊走進屋內。

周翎看著我回道：「我知道，看得出來。」

我扭過頭，只覺得要命！這種漫畫場景為什麼會出現在我身上！上天跟我開什麼大玩笑，為什麼偏偏是挑今天，躲都躲不了！

唉……我就覺得周翎快回來了，真是嚇死人的第六感，但有感知有屁用，沒點幫助好嗎！

周翎領著我倆上樓，我看著周翎的後腦勺心裡鬱悶又忐忑，她這般沉默我很不想解讀成暴風雨前的寧靜，但好像就是如此啊，我覺得背脊涼涼的。

打開門，姜副理將我放到床上時，不遠的周翎終於說話了：「妳沒有話要跟我說嗎？」

我的心咯噔了下，「我……」

「有啊。」姜副理拉高我的棉被，「妳比我想像得還早回來呢，周妹妹。」

呃，現在什麼情況？

姜副理朝我一笑，「多休息，我已經幫妳請好假了，身體好了再來上班，到時，務必讓我好好跟妳道歉。」

我一臉懵逼。

姜副理從容的收回身子，靠在床頭櫃邊，朝周祤勾脣一笑：「怎麼了？不是妳讓我來顧著懿茜的嗎？」

周祤瞇起眼，「妳不覺得妳照顧得太周全了嗎？」

「咦？會嗎？」姜副理撥了撥頭髮，在山雨欲來的周祤面前泰然自若，「這就是妳提早回來的理由？」

「是啊，遠遠地就聽到姜大副理對某小職員特別上心，我能不回來嗎？」

姜副理輕笑幾聲，「果然是我太急躁了，真是失算。」忽地，她轉過頭，笑容優雅迷人，「改天再跟妳說明，不過我想既然周祤都回來了，她會鉅細靡遺的向妳解釋。」

姜副理壓低身而來，彎下腰，雙手撐在床邊，嗓音陡然低了幾分，「但我對妳好，是出自私心。」

我覺得不遠處一道道冷箭無情射向我，我只想哭。

「姜芸甄。」周祤冷冷道。

「行，我走了。」姜副理收回身子，與周祤擦肩而過時伸手揉了揉她的頭髮，而周祤竟然沒躲開，這讓我感到十分訝異。

因為周翙非常討厭別人揉亂她的頭髮，她是真的會翻臉不認人，但她卻沒有對著姜副理發火……

或許……我不是真的很瞭解周翙呢。

周翙冷著一張臉不發一語，在外頭引擎聲傳入房裡時，她才輕輕關上門朝我走來。我瞧了下，半張臉躲進棉被裡。

完蛋了！死定了！我的小命真的不保了！

在我感覺到她走近床邊時，我下意識翻過身，忍著不適往牆縮，幾乎是同一時間，我聽見了她極細微的嘆息。

我瞪著牆，根本沒膽看向周翙。一股冷風隨著掀開棉被的動作溜進，我打個哆嗦，很快地身後貼上微涼的體溫，不一會就暖了。

周翙太沉默了，安靜到讓我覺得古怪。

其實我也沒幹麼啊，就是跟副理下班吃頓飯而已……可我就是很心虛，心裡特別慌。她不開口問，我也不知道從何解釋。

然而很快地，我就在周翙壓抑的啜泣聲中敗下陣來，慌了手腳。

那滴眼淚沾上了我的後頸，我一愣，慌得轉過身，便見到她眼角閃爍的淚光。我怔怔地看著她極少露出的脆弱，手胡亂抹去她的眼淚，「妳、妳別哭啊！我沒幹麼啊！別、別哭！」那張豔麗的美顏都快被我揉爛了，就知道我驚嚇程度有多高。

「是不是只要誰對妳好一點、強勢一點，妳就會投懷送抱了？」

我怔怔地停下動作，看周祤的臉被我揉得紅撲撲的。我低下眼，輕輕用指腹抹了下她的眼角。

「如果今天我不認識姜芸甄，我真的不知道自己會做出什麼事。」

眼前的周祤與其說是生氣，倒不如說是不安吧。

「妳認識姜副理嗎？」

周祤抿脣，不願多談的模樣使我有些來氣，啞著嗓道：「周祤，妳不能這樣什麼都不說，妳耍著我玩嗎？」

周祤沒回答，只是挪開我的手，稍稍與我拉開距離。那雙眼明顯閃著我，「時候到了妳就知道了。」

又是到時候，聽了真讓人鬱悶。

「這半個月妳死去哪了？」我強忍著不適，沒好氣地說：「我家那兩隻成天吵著要找妳，妳自己去領罪。」

周祤輕笑幾聲，視線上下掃視我，「我不在，妳也過得挺好的啊……沒去哪，就是辦點事。」

見周祤又如往常那般想粉飾太平，什麼話都悶著不說，我忍不住輕嘆口氣，「周——」

周祤用手摀住我的嘴，「多休息，我就在這不會跑的，一切等妳康復再說吧。」

我凝視她通紅的雙眼，語氣平靜地道：「妳很清楚我的個性，妳現在不說，之後我也不想知道了。」

周祤目光閃爍了下，似乎正猶豫著。

我想，人與人之間的裂痕是從隱瞞與欺騙開始的，所以我希望她能對我多說一些，更坦白一些。

掙扎了一會，周祤還是沉默，不願多談。我不禁感到無力又無奈。

她瞧我一眼，眼眶又積滿淚水。

「好好！我投降！妳別哭啊！」好個周祤，把我搞得手忙腳亂，真的很棒、很會！我揉揉自己的鼻子，想著有什麼方法能突破這般尷尬的窘境。

我忽然想到女王妹妹曾開金口說過四個字：「撕開得勝」，要不……我試試吧。

「小蘇？」

我一個翻身坐到了周祤身上，低頭撕開她的絲襪，露出了白皙的大長腿。我一個咬牙，不管三七二十一親上去就對了！

「妳！唔……」

我發現我的身體是懷念且熟悉周祤的，一纏上她的體溫就賴著不肯走了。我解開她的上衣釦子，雙手滑進，攀上胸口，我揉著雪乳。

不知道是不是因為周祤剛哭過，沒了平日的強勢，竟生出幾分楚楚可憐，看得我心口一緊。我心想，既然都豁出去了，做下去就是了！

她不是沒有掙扎，但當我一摸進她雙腿間，她的身體頓時柔似無骨，乖乖躺在我身下。

我想人是有些本能的，要不我怎麼就這麼自然的低頭親吻。軟舌一勾上她的，我彷若醉了。

鼻息交疊，呼吸急促，呻吟嬌媚。

我低頭解開了胸罩背釦，埋進山巒之間，循著起伏尋那如嫣紅花朵的乳粒，舌頭纏上。

「嗯……」周翊低低的呻吟勾起了我體內的蠢蠢欲動。我另外一隻手摸上另邊，兩指擰起，感受蓓蕾逐漸挺立綻放的細微變化。

周翊推著我的肩膀，我不理，她便捧起我的雙頰，一雙水潤的眼眸霎時映入我眼簾。

她嗓音輕緩，「我、我得先跟妳說件事……」

「有什麼事比這更重要嗎？」我想埋回她胸前，但她扔下的那顆震撼彈，讓我頓時沒了勇氣繼續攻略城池。

「我跟姜芸甄……她，曾經喜歡我。」

……貴圈真亂。

♥

穿衣服與脫衣服究竟何者較快，眼前就有個周琡替我證明了這事。

我盤腿坐著，看著周琡慢吞吞地把衣服穿回去，過程中，她曾想偷偷脫光光，在我一瞪之下又乖乖穿戴整齊了。

我忍著頭暈雙手抱胸，瞇眼瞪周琡，「妳今天沒跟我講清楚，我就跟妳絕交。」

瞧周琡又想用哭這招來嚇唬我，我冷下臉道：「妳哭哭看啊，看我會不會理妳。」

周琡癟嘴，搔搔頭，「說來話長。」

「那就長話短說。」

周琡刮了下鼻梁，似乎不知道該從何說起。我作勢起身，她趕忙拉住我，「好啦！我說！我就是在想該從哪說起！」

我睨她一眼，忍著掐死她的衝動坐回床上。

「那就從妳喝醉開始說起好了。」

嗯哼，正合我意。

「我一直都知道管你們部門的林經理對妳有意思，也知道他不是什麼好人，但我沒想到他會用下藥這招。」周琡提起他時，目光閃過一絲戾氣。「我不清楚到底是什麼藥，但妳喝了他遞的酒之後，真的變得很奇怪，整個人很亢奮。」

我怔住。

「妳部門同事用妳的 LINE 聯絡我，跟我說了這些。等我趕到時，妳幾乎整個人快要坐到部門經理身上，妳知道當下我有多想砍他嗎？」

周祤是認真的，很認真。

我這才懂為什麼我的 LINE 有打給周祤的紀錄，但我卻一點印象也沒有——原來不是我忘了，而是根本就不關我的事！

「不過算妳識相，一看到我就撲到我身上，你們經理臉都綠了，我趕緊把妳帶出場，一路上妳對我又拉又扯，我還差點直接被妳撲倒在地。」

我摀臉，實在太丟人了。

周祤嘆息般地說：「我沒想過要這麼快對妳出手。如果不是出現這段插曲，我會繼續安靜地等候下去，直到有一天，妳察覺我的心意，或是喜歡上別人。」

我怔怔地看著她，看著她眉目染上的哀色。

驀地，她莞爾一笑，笑容哀傷，「這是我與阿姨說好的事。」

「我媽？」

「嗯，國中的時候阿姨就知道我喜歡妳了，也找我促膝長談過，總之結論是，我不會主動影響妳，但如果妳自己喜歡上我了，那麼阿姨她不會反對，前提是我不能表露，要不，她直到死都不會原諒我。」

那個漫不經心的皇太后居然……

「我知道妳有多愛妳的家人，所以我不能讓妳為難，這就是為什麼我一直不告白，不讓妳發現我喜歡妳的原因。」周翊撫上我的臉，指尖撥開垂落於眼前的髮絲。

「我喜歡妳，不能坐視妳遇到危險，你們部門經理想對妳出手，又不是什麼好東西，為了保護妳，我必須把他拉下臺。因此我需要人幫忙，那個人就是黃先生。」

我詫異。

「我之所以與黃先生還有聯繫，不是因為他長得像彭于晏，也不是因為對他有意思。是因為你們部門經理正在爭取一件大案子，黃先生就是對方公司的高層。於是，我跟他做了筆交易。」

「這陣子妳就是在忙這件事嗎？」

「一部分。」周翊握住我的手，細細摩娑，「這幾天人事調動與離職書會一起來。」

「離職？」我語調揚高，「妳要離職？」

周翊點頭，「黃先生答應讓這個案子破局，但條件是我必須去當他的助理，直到他找到滿意的助理為止。」

「妳這根本賣身！咳咳……」我咳得緩不過氣。

周翊趕忙拍著我的後背，「妳別激動，冷靜下來。」周翊將我輕輕擁入懷，「沒事，我不是被迫的，而且說真的，那公司比較賞識我的才能，我在這裡沒辦法發展……」

周翊抱緊我，「妳部門經理的事讓我知道，我必須變得強大、必須不斷往上爬，才能保護妳不受到任何人的欺負。而且，我不甘屈就於此，我認為我不只這樣，我能做得更好。」

「周翊……」

「我沒有任何一丁點捨不得。」周翊撫著我後髮輕聲說：「因為我知道，就算我離開了現在與妳一起待著的公司，妳依然會在這個家等我，做我的港灣對嗎？」

我拚命點頭，手背胡亂抹著溢出眼眶的淚水。

「至於姜副理，其實我很早以前與妳提過，但妳可能沒印象了。」周翊靠在我肩膀上，輕描淡寫地說道：「我曾說過我在我媽那裡認識了一些朋友，我還認了其中一個當乾姊。」

等等，被她這麼一說我有印象了！

「那個乾姊就是姜芸甄，不過她長年在海外，所以一直沒機會讓妳們認識，至於她回臺灣也都是待在分公司，妳不知道很正常；她現在會出現在這，主要是公司調她過來支援，我就順道拜託她幫我顧著妳。」

我被周翊握住的手忽地一緊，我苦笑，「既然姜副理是妳乾姊，妳就別計較了。」

「不，這筆帳我會記得的。不過，我其實也明白她會這麼唐突又強勢，也是想快速讓妳身旁的人都知道，妳有她罩著，沒有人會動妳的。」

我身旁的周翊氣壓陡然低下，「不過她做太多不必要的動作了，看我回頭怎麼跟她算。」

這果然才是我認識的流氓周翊。

「不過她喜歡我，也是很久以前的事了。我也很明確地拒絕過她，從那之後就認彼此是姊妹，我想她應該對我沒這意思了。」

不……依我的直覺來看，姜副理肯定餘情未了，不過我沒膽告訴周翊，不想增添她的煩惱。

周翊從抽屜拿出一盒成藥，一邊撕開盒子一邊說：「好啦，我什麼都說了，妳也給我乖乖吃藥。」

我伸手接過藥丸，配著溫水一同嚥下，我才正要躺下睡覺，誰知周翊突然壓到我身上，趴在我胸口前，嬌聲嬌氣地說：「還跟我生氣嗎？寶貝。」

「噁心。」我笑了。

「我這幾天都沒有睡好，現在好睏。」

「是是，那妳趕緊睡了吧。」我拉高棉被，怕她著涼了。我也因為吃過藥，在聽完周翊的解釋後便不敵睡意的暈過去。

朦朧間，我似乎聽見周翊靠在我耳邊說了四個字，很麻、很癢，可是……我很喜歡。

——我喜歡妳。

❤

一夜過後，我忍不住去想，自己對周翊到底抱持著什麼樣的感情。

我請病假在家，周翊原本也想留下，但被我趕去上班了，而且看著她我就煩心。我窩在棉被裡懶洋洋的不想動，要不是畢旅回來的少爺弟弟跟女王妹妹破門而入，我大概就會這樣廢在床上一整天。

「幹什麼？」我坐起身，沒好氣地瞪向蹭來我床上的雙胞胎，心中湧起一股不妙的預感……

女王妹妹這時遞出一塊藥布，正經地說：「給妳，讓妳舒緩一下腰痠背疼。」

我看得亂感動一把，生個病我真的渾身痠。

「畢竟，周姊姊感覺慾望大，我能做的也就只有這些了。」

我差點跌下床去。

「我不是因為這樣下不了床！」我啞著嗓大聲反駁：「我是生病！生病！懂不懂！」

然而眼前的雙胞胎只用意味深長的眼神瞅著我。

「妳到底要不要痠痛藥布？」

「……要。」我沒骨氣地接下了，渾身疼啊。

我翻個身，讓女王妹妹撩起半截衣服露出後腰。衣服一掀起，就聽到兩人倒抽口氣的聲音。

我正覺得奇怪，少爺弟弟便讚嘆地說：「草莓園啊……」

「靠！」我慌得趕緊拉下衣服，什麼腰痠背疼都不管了，連滾帶爬的下床，在全身鏡前轉圈一瞧，何止腰上，胸口也是好幾個草莓好嗎！周祤那個渾蛋……

「所以，妳們在一起了嗎？」

我彷彿看到少爺弟弟頭上長出兩個毛茸茸的耳朵，背後的尾巴拚命搖著。

我睨他一眼，爬回床上想用棉被把自己包起來，先一步被女王妹妹抓住。她壓住我，替我貼上痠痛藥布，而後淡淡地說：「妳喜歡周姊姊嗎？」

女王妹妹不愧是女王妹妹，一問就問到了我現在最糾結的問題。我閉上眼睛，懶洋洋地說：「我知道妳是周流氓的眼線，但妳逼問我也沒用，因為我也還沒想清楚。」

「我沒有特別幫周姊姊。」女王妹妹不以為然地說：「只是覺得她喜歡妳這麼久，好不容易關係進一步，不可能不幫——我只認周姊姊當我大嫂。」

瞧眼前雙胞胎一副對周翗忠心耿耿的樣子，我慢吞吞地拉整衣服邊問：「你們什麼時候知道的？就，周翗喜歡我這事。」

「我國中。」女王妹妹答。

我眉梢一抬，「這麼久？為什麼我從來沒感覺到？」我一直當周翗是閨密，從沒想到她想篡位當情人啊。

「因為她不能讓妳知道。」少爺弟弟盤腿而坐，振振有辭：「所以要我們都瞞著，誰知道妳這麼遲鈍。」

我搔頭，想著與周翗相處的這幾年自己究竟在做些什麼……她消失的這半個月，我心裡有些空蕩，也不知道是一時寂寞，還是純粹不習慣，又或者……是思念嗎？我自己也想不明白。

周翮還是那個明媚耀眼的周翮，可我呢？

事已至此，我得正視她的喜歡，以及我的感情。上床是意料之外的事，摸著良心說……還不討厭。

我喜歡被周翮緊擁的感覺，這點我實在無法否認。正因為無法否認，我才更不知道這樣的喜歡到底是不是愛情，還是一時的錯覺？

「姊，喝水。」少爺弟弟拿杯水給我潤喉。

我才剛喝一口，一旁的女王妹妹冷不防地道：「我就問妳一句，想不想跟周姊姊上床？」

「噗！咳、咳……」我拿遠杯子邊猛咳，邊瞪向一臉波瀾不興的女王妹妹，險些喘不過氣來。緩過後，我艱難地說：「不是啊……妳不是才高中嗎！」一個高中生問我這種問題，我怎麼答！

「這不是最快判斷的方式嗎？如果只是一般朋友，又怎麼會有想上床的慾望，周姊姊是，姊，我覺得妳也是啊。」

我被堵得說不出話。她說的倒是有點道理，我的確無法想像跟其他人有親密關係，雖然在周翮之前我也沒想過，等真發生了，一般來說好像是要有跟這個人斷交，老死不相往來的想法，可是我不但沒有這種想法，還開始忍不住在意起周翮。

意識到這點的我覺得頭有點疼，扶額，喃喃自語：「我不會真的彎了吧……」還是我燒壞腦子了？

砰。

那是拉炮的聲音，很適時地在我耳邊響起。我眼前是繽紛的紙片紛飛，我無語地看著少爺弟弟，「……哪來的拉炮？」

他興奮地搖著尾巴，「早就準備好啦！原本是想鬧洞房用的……疼疼疼……」

聽這什麼話，我還不捏揉這張俊臉，揉到連他媽都不認得。

「妳就說一句，是周姊姊行不行？」

……就是因為我覺得是周祤的話我就可以，這才是最可怕的地方。迎上女王妹妹意味深長的笑容，我覺得後頸涼涼的。

遇到煩心事我就想倒頭就睡，往後一躺，我抱著棉被，根本不知道接下來該怎麼辦……

「就這樣接受周姊姊不好嗎？」少爺弟弟天真地問。

我沒好氣地說：「我要是今天跟你們一樣是高中生，談個純純的戀愛就好了。皇太后要是知道這件事，我還不被她吊起來打，更別說遠在國外的周阿姨了，我怎麼跟人家交代？」雖然我是被上的那一個就是了。

我愈想愈氣，怎麼被上的人要煩惱這麼多，上人的周祤卻可以逍遙自在，真的討厭死她了。

然而我的煩惱，到了雙胞胎那都成了一丁點小事。

「我怎麼覺得皇太后可能還會鼓掌叫好？」

「不對，是會感動得痛哭流涕，自己女兒滯銷二十三年終於有人願意帶回家，還在隔壁，多方便。」

「……」

不把這對雙胞胎扔出去，我就不姓蘇！

我關上門，覺得現在不只頭疼，連胃也跟著痛了起來。我默默爬回床上，繼續做我的縮頭烏龜……

再之後把我叫起來的，我以為是皇太后，然而一睜開眼時的睡意朦朧，在見了周硎後，煙消雲散。

「妳為什麼回來了？」這時間周硎應該在公司，不該出現在我床上。

一身正裝的周硎笑吟吟地看著我，畫著淡妝的她迷人依舊，跟那個昨晚耍流氓的她根本無法聯想在一塊。

眼前的周硎，應該是我最熟悉的人，可如今我卻覺得她有些陌生。看著她，我就忍不住嘆氣。

「擔心妳。」手放到了我的額頭上，迎上目光時，她眼底笑意傾瀉而出。「所以請假提早回來了。」

「不都妳害的。」我撥開她的手，「害我這麼心煩……」

忽地，周祤掀開我的被窩鑽了進來，我警戒地往後退，她一把攬過我，將我按進懷裡。

「妳幹什麼——」我掙扎著，卻在聽到她落下那一句話時，力氣盡失。

「原諒我，真的等不了妳……」周祤的聲音有些顫抖，「我知道我應該給妳多一點時間，但我真的等太久了，妳不知道我盼了多久。」

抬起頭時，我見到那雙美目摻著炙熱的情感，彷彿要燙著我。

放到腰上的手收緊幾分，她道：「小蘇，我喜歡妳，我不介意讓妳慢慢摸索這樣的感情，但不管怎樣都只能在我身邊。」

「妳不覺得這話前後矛盾嗎？」怎麼聽都覺得我只有喜歡她這個選項好嗎！

周祤笑得眼睛彎彎的，「就是妳只能喜歡我的意思。」

……哪來的流氓。

「我長得這麼好看，妳上哪去找比我好的？」

「妳也太自戀了。」我推開她的臉，一點也不想承認這張臉長得真好看，不想從了這流氓的意。

我翻身背對周祤，她從後邊擁住我，手放在我的腹部上輕輕摸著，「妳跟我在一起，好不好？我喜歡妳喜歡到恨不得現在娶妳回家，畢竟我都對妳——」

「好了，閉嘴。」我打斷周祤，瞪著眼前的白牆，頓時覺得人生好難。

沉默了一會，我嘆道：「妳讓我想想吧。我就問妳一句，妳要怎麼跟我們兩家人說？」

「以後不都是一家人嗎?」

我捏了把周翮的手背，哼道:「皇太后不是要妳別讓我知道妳喜歡我嗎?而且周阿姨那邊——」

「小蘇，妳相信我嗎?」

我一頓，默然不語。

周翮忽然鬆開手，翻到我身上，逼我直視她。她兩手撐在我身側，視線自上而下，雙眼緊盯著我瞧，看得我都有些不自在了。

「我想，就這麼看著妳，一輩子。」

周翮的神情是我從未見過的認真，認真得……讓我的心跳竟漏了一拍。周翮長得實在太好看、太犯規了，那雙眼睛明亮有神，眼梢彷彿會勾人。

「妳媽那邊我會找個時間去請罪的。」她趴在我胸口，兀自笑了出來，「不過到時是領賞還是領罰我就不知道了。」

「有人會這麼開心的請罪嗎?」我跟著笑了。

「至於我媽那邊……由我跟她說。」周翮挺起身子，輕撫我的臉，「妳就待在這等我處理好一切，開開心心的跟我過日子，好嗎?」

我心裡沒有小鹿亂撞，反倒感到一絲不安，握住她的手瞇起眼道:「妳想做什麼?」

我要是不熟悉周翮，現在肯定是粉紅泡泡滿天飛，然而我太了解周翮，太明白她什麼都不說的壞毛病，還有她欲蓋彌彰的笑容。

「周祤。」

「我又不是不回來。」她滾到我身旁，握住我的手道：「我這幾天就會離職去T市的Z公司，跟著黃先生做事，妳別太想我。」

我想甩開周祤，無奈被她緊緊握著，五指滑進我的指縫間，十指緊扣。

「妳別亂想，沒什麼事的。」

「妳也知道我會亂想。」我無奈地說：「周祤，妳這樣我很累，各種累。」生理與心理上都疲憊。

周祤低下眼，微噘嘴，一副可憐兮兮的樣子，見她這樣我不爭氣地心又軟了幾分，「好好好，我又不是不信妳，但是——」

「沒有但是。」周祤的手握緊幾分，「妳等我。」

瞅著這樣一臉堅決的她，我感到無奈，卻又拿她沒辦法。

聊這麼一會，我又犯睏了。她的手搭在我的腰上，輕靠著我的肩膀，不鬆手的她，像是怕我會逃走似的。

「周祤……妳喜歡我多久了？又想跟我在一起多久？」

「數不清了……」周祤的聲音不知為何聽上去有些難過，語氣輕得彷若羽毛搔過耳際。「等一切都穩定下來，工作也好、兩家人也罷……我真想娶妳的，沒在跟妳開玩笑，我想跟妳一直在一起，以情人的身分。」

聞言，我挑眉問：「妳就不怕我不願意？而且妳是不是省略了什麼步驟。」

「妳都上了我，妳要對我負責。」

「……」我是不是被周翊套路了？

我一臉憋屈，更顯周翊得瑟的笑容惹人厭，但我知道……周翊是認真的，沒在跟我開玩笑。

「小蘇，」周翊翻過身抱住我，緊緊的。「我不想放妳走，對不起，我這麼自私，但我真的只喜歡妳。」

我輕嘆口氣，該面對的，還是逃不掉。

周翊鍥而不舍地追問：「妳真的不想跟我試試看嗎？」

「周翊，我不想隨隨便便的接受妳，這樣不尊重妳，也不尊重我自己。」我看著天花板，想著這些年與這個人的相處，有甜也有苦澀，但這麼想來都是開心的。

「妳都不怕我只是錯把我們之間很好的友情當成了愛情，到最後，我其實對妳仍不是喜歡呢？那怎麼辦？」

我轉頭，迎上一雙璀璨的眼眸，眼裡卻沒有半點猶豫，我也在其中，看見了我自己。

「我在妳眼裡，見到了跟我相仿的感情。」周翊堅定得讓我訝異，一字一句輕緩道：「我相信妳，也相信我自己，我會讓妳喜歡的，而且非我不可。」

我曾對周翊感到陌生，此刻見了她如陽光般的耀眼笑容，我才發現其實周翊一直沒變，改變的是我。

她沒有變，真好。

「……妳先說聘金多少，我再考慮看看。」

周翊一愣，隨即大笑，「我的一輩子都給妳。」

我啐嘴幾句不值錢、沒誠意，可還是悄悄地回握了她的手。

牽起了這個，我最好的閨密。

♥

看到這裡的看官，你們肯定以為那晚之後我跟周翊定會過上甜甜蜜蜜的生活，手拉手整天放閃了是吧？

錯！我們沒有在一起。

「為什麼啊？」少爺弟弟嗑著畢旅帶回來的瓜子，一邊纏著我問：「都互訴心意了，為什麼不在一起？」

「這兩者並不是等號啊。」我也跟著嗑瓜子，漫不經心地回：「你們周姊姊告白是告白了，不代表一定得在一起吧？」

「不然要幹麼？」

「至少等她工作穩定下來再說吧。」我將空殼往半空中一拋，成了一個漂亮的弧線，一舉投進了垃圾桶。

「皇上不急，急死太監。」女王妹妹如此道。

「哎呀，真精闢。」我嘖嘖兩聲，差點沒被她眼神冰凍。不過這次女王妹妹大抵也是懂我可能是在等什麼，沒有像之前那樣急迫。

是啊，我的確是在等某件事、某個時機的到來。

周祤真離職了，到T市打拚，跟著黃先生學習，而我繼續留在這裡工作。與她說的一樣，我們部門經理的確是被革職了，原因是丟了大案子，再加上他其實本就樹敵無數，不過是差一個可以踢走的契機。

隨著他的倒下，當初他拉攏的人脈大洗牌，整間公司可熱鬧了。我想他大概根本不知道自己哪步走錯了，才會落得如此狼狽的下場——錯就錯在他惹了周祤這個小職員吧，誰知道她背後的靠山可大著。

我就在那悠閒地嗑瓜子，日復一日的過。

原本被調來支援的姜副理也順勢補上，成了我的直屬上司，現在該叫她姜經理了。不過她應該可以往更高的地方走，然而她沒有，我很意外。

「我野心沒這麼大。」

現在包括我在內，全公司上下大概都已經習慣了我與姜經理一起吃飯這事。

我露出神祕兮兮的笑容，「是因為詹經理嗎？」

姜經理涼涼地瞥我一眼，勾起脣角道：「妳想要我把妳扔到周祤那嗎？」

我一縮，趕緊安靜低頭吃飯。

對了，我現在與姜經理是不錯的朋友，而她那幾日之所以如此強勢，的確如周祤所說的是為了下馬威，讓這消息迅速傳遍公司。

「而且妳躲我的反應很有趣，我就逗逗妳打發時間。」

對，我就是被這女人耍著玩了。

至於姜經理到底對周祤是否餘情未了？這事傳到姜經理那，她不過掩嘴嬌笑，不以為然地說：「都多久的事情了，我早就把周祤當自己妹妹，沒感情了，妳放心。」

唉，這女人比我想像中的更淘氣啊。

我也曾巴著詹經理無力道：「您不是都知道嗎？那天還讓姜經理這樣胡來！」

詹經理只是哈哈大笑，拍拍我的頭說：「抱歉抱歉，妳的反應太有趣了，我不忍心說。」

……果然是臭味相投。

周祤離開公司，最感到惋惜的人恐怕就是章章了。不過她惋惜的是沒有我跟周祤之間的八卦可以挖了。

我無言以對。

「哎，妳跟周女神很有 CP 感啊！」

我狐疑地看著她，「妳不會其實是隱藏的百合控吧？」

章章大笑，「不不，是妳的反應太有趣了，覺得萌。」

好喔，每個人都這樣說就飽了。

「周女神現在住T市，那妳們多久見一次？」

我雖然沒有跟章章正式說過我倆有貓膩，不過章章已經認定我跟周祤就是天造地設的一對，我也懶得反駁了。

「嗯……從她離職到現在我們都還沒見過面。」

「什麼！」章章難以置信地看著我，「不過就是火車半小時的車程，妳們居然到現在都還沒見！有半個月了吧！」

「哦，對啊。」我兩手一攤，「她工作剛上軌道，別一直回來蹭，好好做吧她。」

章章罵我這個沒良心的，我是有苦難言好嗎？

「是說，妳為什麼下週請假啊？」章章問。

「有事要去辦。」我懶洋洋地說。

不過這次跟周祤分開不是音訊全無，睡前她都會打給我聊一會，什麼肉麻話都說上了，我耳朵都要吐了。

「孕吐吧。」她沒個正經地說。

我大翻白眼。

總之，直到我出國前周祤都不知道我要走了，我只是告訴她我手機掉進水裡拿去修，我出國的幾天都別打給我。

「掉進馬桶嗎？」她笑。

「妳別說話。」怎麼電話中也可以這麼欠揍？

掛上電話後，我看著天花板有些失神。這次出國我只告訴皇太后真正的原因，其他人我不是打迷糊仗就是說被派去出差了。

離開臺灣前，我提早一小時下班，就為了跟皇太后獨處，好好談談周祤的事，以及，我自己的。

我進家門時，皇太后正在沙發上滑手機，我站在她面前，她頭也不抬地說：「要零用錢沒門，想都不要想。」

「……我在妳心中到底是什麼形象？」找上自己媽媽就是要錢嗎！我不服！

皇太后瞟我一眼，「妳啊，唯一做過的聰明事，大概就是喜歡上周祤這個潛力股。」

我的心咯噔了下，一時間有些答不上話。

「妳弟妹跟我說了一些。」皇太后放下手機，眼神示意我坐下，我哪敢不從？於是乖乖坐到她旁邊，有些緊張。

「套一句妹妹說的，妳這是彎了？」皇太后一本正經。

我只得尷尬地搔搔頭，掙扎地說：「也不是……我倒也不是喜歡女生，只是因為那是周祤，所以喜歡。」

皇太后沉默了幾秒，勾起脣角說：「那就好。」

「咦？」

「咦什麼咦？」皇太后嫌棄地看著我，「我怕妳沒想清楚，糊里糊塗地順了小周，最後再後悔，要是害人家傷心難過，我可沒辦法跟隔壁的交代。」

我呆了幾秒，怔怔地道：「我以為妳反對……」

皇太后沉吟半晌，輕嘆口氣，「再怎麼樣，妳還是我女兒，我不希望妳走上一條辛苦的路，再加上當時小周年紀小，我是感覺到她對妳有感情，但我覺得這事太急了，不希望她做出讓自己後悔的事，這不代表我反對。」

「那──」

皇太后打斷我道：「我比較好奇，妳怎麼想的？明明一直把小周當閨密的，突然就這麼說要在一起了。別跟我說是看臉，這麼多年也沒見妳對小周動心過。」

皇太后打趣地看著我，那目光燒得我臉紅。我總不能說妳女兒被人家上了，上就算了，還真有點感情萌芽，我說不出口啊！

不過不久之後，我便知道皇太后絕對不介意這事。

「就……」在皇太后饒富興味的目光下，我硬著頭皮老實坦承，「就覺得是周祤的話，我可以，不但不排斥，還有點……喜歡吧。」光憑這點，我就願意跟周祤在一起試試看。

「妳既然決定了，我就支持吧。一路順風。」

就這樣，我帶著皇太后的祝福上了飛機，前往了異國。這時就特別慶幸周祤在外縣市工作，要溜走真是易如反掌。

加拿大，我來了。

第六章

經過十幾個小時的飛行，我終於抵達加拿大了。

走出機場，見到寬闊的馬路與兩旁盛放的紅葉樹，才真正地讓我意識到正置身異國。乾燥的空氣與溼潤的北臺灣氣候截然不同，舒爽宜人，我深吸口氣，舒緩心神。

我真的，自己來到陌生的國度了。

在這樣的景致裡，我見到一張與周祤極為相似的面容，只是多了幾分滄桑與霜雪。

我深吸口氣，拉著行李箱走向那位婦人，也就是周祤的母親，以及搖下車窗朝我揮手的周大哥。

是的，我飄洋過海來見的人，就是許久不見的周阿姨與周大哥。至於來訪的目的，電話中我沒有表明，但我想他們能猜到個七八分吧。

坐上周大哥的車時，他看了眼後照鏡，朝我一笑，「妳變漂亮了，小蘇。」

我摸摸自己的臉，得意著。我很感激他釋出的善意，不過……周阿姨到底怎麼想的，我無從得知。

記憶中，周阿姨與我媽的感情不錯，但與我們小孩子們的互動就少了一些。在周祤開始讀書寫字後，周阿姨變得極其嚴格，再後來周大哥結婚，她也跟著去海外居住之後，感情真正淡了。

我告訴皇太后要去找周阿姨時，她神情複雜，但沒多說什麼，只是祝福我一切順利。反正，順不順利本就不在我計畫範圍內，應該說，如果太順利我才會感到驚恐吧。我雖然是個愛鑽漏洞又懶惰的人，但有些事，我認為還是親力親為才好。

到了周家後，周大哥替我扛行李到客房，我原本想跟上去，可被周阿姨給叫住了。我點點頭，乖巧地站到她身邊。

能生出周裲這小妖孽，親媽肯定也是美到逆天，如周母一點也沒被歲月摧殘，仍是那樣的美麗淡漠。

「一路上辛苦了。」周阿姨開口。

我趕忙搖頭，「沒有，謝謝你們來接我。」

「先陪我去超市吧，有什麼話晚上再慢慢聊。」周阿姨說這話時都沒笑一下，我承認是有些萌生怯意，但一想到我此行目的，便壯大了膽子。

我也不知道周大哥的心臟怎麼這麼大顆，竟然將車交給我開，於是我小心翼翼地載著周阿姨到超市採買食材。

她問我能料理晚餐嗎？我當然一口答應，這是我的拿手絕活，少數能贏過周裲的技能。

我這廚藝是被懶惰的皇太后訓練出來的，學生時期總是窮，她就給了我這麼賺零用錢的機會，煮一頓飯就拿一些錢。

那時候的零用錢都成了送周翖禮物的基金，沒為什麼，她家真的管得很嚴，她想要什麼，幾乎都是我趁節日送的。

我就這麼一個閨密，不給她能給誰啊？

「幾年不見，妳廚藝更精湛了。」周阿姨站在我旁邊替我洗菜。

我朝她一笑，「開伙時間多，自然就熟了。」在她面前我可不敢屁顛屁顛的造次。

「難怪小翖愛吃。」

我手一抖，趕忙佯裝若無其事繼續炒菜，決定來個家鄉味聊表誠意。仔細想想，人長年旅居在外肯定是懷念家鄉味的，這麼想著我燒菜燒得就更起勁了

看我全神貫注努力翻炒，一旁周阿姨還拿手帕替我擦了汗，我趕緊用袖子抹了抹繼續盛盤。周大哥從樓上走下來，驚訝說：「今天是什麼日子，怎麼這麼豐盛！哇，我好久沒吃臺灣料理了。」

「有些食材、調味料這裡都買不到所以做不了，若是喜歡那就太好了。」我脫下圍裙，「吃飯吧！」

這場晚餐談不上熱絡，但與方才相比倒是輕鬆了些，我心裡的大石也稍稍放下了。我一邊吃，一邊偷瞄周阿姨的臉色，瞧她沒露出嫌棄的表情，那應該算及格了吧。

「小蘇，妳要在這待幾天呢？」周大哥一邊扒飯一邊問。

「不知道，看情況。」雖然我覺得我大概需要用一個星期才能說服周阿姨吧……

而周阿姨沒什麼表示，優雅地吃著飯，我也沒心灰，決定先填飽肚子再說。

晚餐過後，周大哥表示要先回去了，我原以為他住這裡的。

「我住附近。」周大哥露齒一笑，「明天來我家吃早餐，順便讓妳見見 Agatha 吧。」

Agatha 是他太太，也就是周祤的大嫂。

既然周大哥不住這，代表等會只剩下我與周阿姨了，我忽然覺得好慫。

「陪我去散散步，好嗎？」周阿姨的邀約我自然不好拒絕，又或許說，這是我求之不得的機會，只是沒想到來得這麼突然。

我鄭重地點點頭，「走吧。」

晚風微涼，拂過臉頰時似乎有股花香。我其實頗擅長交際，不過遇上周阿姨我便社交能力盡失。無論長得多大，在她面前都是那個與周祤一起長大的小孩子。

「上次見到妳還穿著高中制服，現在倒是可以獨當一面，自己飛來加拿大找我了。」要不是她語帶欣慰，我真以為她拐彎責備我的唐突呢。

瞅著周阿姨優美的側臉，我忍不住嘆，她果然是周祤親媽，彷彿是穿越時光的周祤站在我身旁似的。不過很快地，她便收起笑容，淡淡道：「我知道妳為何而來，我只想問妳一件事。」

我跟著停下腳步，屏氣凝神。

「妳們誰在上誰在下？」

我一個踉蹌差點撞到一旁的樹。

我錯愕地看著一本正經的周阿姨，滿臉不敢置信，「您可以再問一次嗎？我有些聽不懂……」

周阿姨面不改色地說：「誰是被手指插的那個？還是妳們不是用手指用別的？像是ＯＯ或是ＯＯＯ之類的嗎？」容我再次自行打碼謝謝，我覺得情趣用品不宜直接攤開說白。

這畫風驟變嚇得我不要不要的。

由於周阿姨太認真問我這事，我呆滯好半晌，才期期艾艾地說：「目、目前是我、我被壓在下面……」

「我就知道！」

我一臉懵逼。

自我下飛機到現在一直未綻放笑容的周阿姨忽然情緒高漲，在我面前拿起手機打起視訊通話，我偷偷瞄一眼，竟然打給皇太后！

電話一接通，她立刻雀躍道：「蓉！我贏了！錢給我匯過來！」

現在到底發生什麼事……我在風中凌亂，開始懷疑人生。電話轉了過來，竟是皇太后怒氣騰騰地罵道：「沒用的東西！丟了蘇家的臉！妳有我這個攻氣十足的媽，居然沒反攻過！」

不是，這是一個媽媽對心裡忐忑的女兒該說的話嗎？

而且這到底是怎麼回事！我無語看向如沐春風的周阿姨，她笑吟吟地說：「我就說吧，妳家小蘇這麼可愛，小翗肯定巴著不放，吃得乾乾淨淨。」

某部分是講對了沒錯……不是啊！現在是把我跟周翗的房事當作賭注了嗎？瞧周阿姨一臉無辜，我真想一頭撞上街樹暈死過去算了。

天底下有哪位媽媽會把女兒們的房事拿來當賭注！妳倒是說說！然而，我眼前就有兩個，兩個！

我的內心崩潰是不會有人懂的，很胃疼。

周阿姨在我心中的嚴厲形象開始崩壞了！我很崩潰啊！那個嚴肅又端莊的婦人去哪了！是被我家皇太后洗腦了是不是！

我癱坐到一旁的長椅上，雙手抱頭，整個人都不好了。

周阿姨拍拍我的肩膀，另一手拿著手機繼續說：「哎呀，妳來之前我有先跟妳媽通過電話，提議打賭的可不是我。」

「妳這女人！甩鍋特別會！」那是皇太后歇斯底里的吼聲。

「她是賭妳倆互相，我是賭小翗單方面壓妳，結果我贏嘍。」周阿姨摸摸我的臉頰，一臉愉悅，「今天見到妳真高興。」

……果然龍生龍，鳳生鳳，周翗的流氓與腹黑基因遺傳到誰，我現在可懂了。

「蘇懿茜！妳回國要是沒反攻成功妳就別進蘇家！跪在那反省！」皇太后的吼聲簡直要震碎手機了。

我覺得人生好難。

♥

「抱歉抱歉，把妳嚇著了。」周阿姨一掃愁容，坐在對面眉彎眼笑，「我知道妳在想什麼，妳肯定是以為我不答應妳們兩個交往，所以遠道而來想說服我，而且瞞著小矟對吧？」

我點頭，全給她說中了。

「妳這份心意我很感動。」周阿姨收起幾分笑容，放下咖啡，雙手交疊於桌面上，「我沒有什麼反對的理由，就算有，也會被妳媽給掐沒的。」

我果然是我媽生的……我幾乎能想像皇太后用什麼表情說要掐死她。

周阿姨掩嘴一笑，「不過我們還是來說些正經的吧，小蘇。」

我挺直背脊，點點頭，「好的。」

「妳真的想清楚了嗎？」周阿姨凝視我，神情認真，「我自己的女兒，性子我很清楚，她就是認了妳了，天打雷劈也不動，但，小蘇，據我所知，其實妳沒有她這麼堅定，對吧？」

「是。」我深吸口氣，繼續解釋道：「沒錯，我必須承認，我過去從來沒有喜歡上誰，包括周矟，我一直只把她當成最好的朋友。」

「那麼——」

「我很笨。」我打斷周阿姨，抬眼直視她，「我沒有周禰聰明，我不知道該怎麼喜歡一個人，也不確定喜歡是什麼……但是，我想跟周禰試試看，我能為她、為我自己做的，就這麼多了。」

周阿姨清冷的目光溫柔幾分，單手支著下頜，眼波清澈，「妳跟小禰從小一起長大，我從來不覺得妳對小禰會有超出朋友的感情，是什麼改變了妳呢？」

「我自己也很意外。」我搔搔頭，「是知道周禰喜歡我後，我才正視這件事，還有自己的感情。」

「小蘇。」她打斷我，毫不留情地說：「習慣與喜歡，妳覺得一樣嗎？」

我微愣。

「當然，這是不一樣的——」

「如果妳的契機不過是因為她忽然不在身邊覺得很奇怪，其實我不覺得這是喜歡，我認為，妳只是不習慣。」

我沒有辦法反駁。

「同性之間的感情之所以苦澀，有時候是因為太過理所當然。」周阿姨凝視我，語氣輕緩，「尤其女生之間，錯把過好的友誼當成愛情的，很多，非常多，可這對於那些動真情的人來說，無疑是一種傷害。」

我低下眼，胸口有些疼。

「小蘇，我沒有要刁難妳的意思，我只是想讓妳知道，也許妳對小衹忽然產生的感情，不過是一時的衝動，等這樣的衝動消退了，妳會發現，這不過都是錯覺。」

「……不是錯覺。」我捏緊自己的指腹。

「我口才不好，所以我想到什麼說什麼，請阿姨見諒。」我抬起頭，笨拙地說：「我承認，的確有一份衝動，但那份衝動不會只是一時的。因為是周衹，我才願意試試看。而我認為，如果要認真跟周衹在一起，妳們一定要知道。」

周阿姨靜靜地看著我，淺淺的笑容鼓舞了我，繼續鼓足勇氣道：「我有想過是不是只是我的錯覺，或是因為周衹突然的表白讓我措手不及……但不是！不是這樣的！無論是男生、女生，我都沒有喜歡過……又或許是說，我只喜歡周衹，只是現在才明白這件事，是周衹讓我明白的！」

「用什麼方式？」周阿姨笑吟吟地看著我。

而我腦海中一閃而過的是周衹各種性感挑逗，但我說不出口啊！

瞧我一臉窘迫，周阿姨忽地輕笑。「妳這孩子，開竅得可真晚。」周阿姨伸手摸摸我的頭，「不過，幸好不遲，至少不是給別人開苞。」

等等，我覺得「開苞」這詞不是這樣用的……

「好啦，我同意妳們交往了。」

我一愣，壓根沒想過這事會這麼容易，開心地直點頭，「謝謝阿姨！」

她搖頭，手放到我的手背上，「不用謝我，妳倆好好過生活就行了。」

「嗯！我……不，我們會努力的。」手背上傳來的微溫，像是冬日裡的暖陽。

真想立刻見到周翃！

「我這關過了，那妳要什麼時候回去找她？明後兩天就回去？」

我看了眼掛在牆上的月曆搖頭，「還沒，再待個幾天，有機會讓我見到周叔叔嗎？」

「妳說小翃她爸啊？嗯……或許吧，妳最晚幾號要走？」

「最多五天。」

周阿姨似乎會意到了，笑意染上眉梢，「明白了，我聯絡看看，妳就當來旅遊放鬆吧。」

在這一刻，我鬆口氣，鼻頭酸酸的。

這好像是我第一次，為了自己想要的事物奮不顧身又一股腦兒地去做，我以為肯定會碰得一鼻子灰的，然而卻沒有。我看著眼前的周阿姨，忍不住問：「為什麼……沒有反對？」

周阿姨眉梢一抬，指節規律敲著桌面，「妳為什麼認為我會反對？」

我沒料到她會這麼反問我，我苦惱，猶豫說：「就……我一直覺得您很嚴厲……」我說那麼直白好嗎，嗚嗚嗚。

周阿姨噗哧一笑，點頭，「我是沒有妳媽那麼散漫，我會對兄妹倆如此嚴格，是因為我很清楚學歷的重要性，我不知道妳有沒有注意到，他們上大學之後，我就沒什麼管了。」

經她這麼一說，似乎有這回事。

「妳剛剛說妳沒有周爾聰明，我不這麼認為。小蘇，妳比妳想像中的更好，所以小爾才一直這麼努力地想要追趕上妳，甚至是超越妳，走在妳身前保護妳。」

我眨眨眼，有些消化不了。

「妳就是她最大的弱點與動力。幸好她身旁有個歡脫的妳，倒是讓她早一步成熟了些。」

我真不知道這句話是褒還是貶，我就當作是稱讚了……不過，說不感動肯定是騙人的。

「無論妳們是什麼模樣，我們都會一如既往的愛著妳們。」周阿姨如此說。

我頓時覺得，能喜歡周爾，大概是我人生中做過最正確的事情吧。

「我們也會好好學習與惡補這方面的姿勢。」

什麼?她說什麼?

應該是「知識」而不是「姿勢」才對吧……我狂冒冷汗，後頸涼涼的。

周阿姨特別認真地看著我，「我有些問題想請教妳，我跟蓉不是很懂。」

別問我周阿姨後來問了我什麼問題，不要問，妳會怕，真的很可怕。在她心滿意足的上樓後，我整個人虛脫癱在沙發上。

我幼小的心靈在那晚受到了一百萬點的傷害。

♥

在我回臺灣的前一晚，我見到了周叔叔。

周家一家人中，我印象最淡的便是這位周叔叔。從我有記憶以來，他就時常不在家，而是在世界各地飛來飛去的，從未停歇。

不知道是不是有周阿姨這個先例在，面對周叔叔時，我沒有想像中的緊張，而是感到既陌生又熟悉。

雖然周叔叔時常不在家，但每逢過年，我都會收到一封寫著他祝福的紅包袋。無論我與周翃多大了，他還是一人一個紅包，年年如此。

而他給我的紅包袋我都小心翼翼地收著，我總覺得那是別人的心意，我得認真以待。

而周叔叔回家時，我恰巧煮好晚餐，圍裙都還來不及脫就去應門，一打開門我嚇了一跳，趕緊讓出走道邊喚聲周叔叔。

「小蘇。」低沉的嗓音伴隨溫柔的目光拂過我臉上每一吋，「妳來啦。」

我點頭，趕忙跑回廚房準備晚餐。

聽到樓下的騷動，周阿姨也慢悠悠地走下樓，這兩人到底多久沒見我是不知道，不過從周阿姨無聲的凝視中，大抵是許久未見了。

她上前伸出手，周叔叔便自然地脫下外套，那不言而喻的默契看得我心生羨慕。

看著看著，就想起周翃了。

我曾想過，未來要找老公就要找我爸或是周叔叔這種類型的，把另一半捧在手心裡疼，就算不黏在一塊，心裡都有彼此。

不過老公還沒找到，倒是閨密先上了我的床，這展開真是胃疼。

沉默的飯局也不令我感到尷尬，自然且熟悉，我想不是我適應良好的關係，而是至今有太多超乎我預料之外的發展，我已經不得不習慣了。

吃完晚餐後，不知道是不是周阿姨有意為之，她表示先上樓洗澡休息，留下我與周叔叔面對面。

我不知道怎麼開話題才好，不過我想其實他什麼都知道了。

「想吃水果嗎?我去切一些?」

我點頭，戰戰兢兢地回:「那我去洗碗。」趕緊站起身忙去。

我們各自忙各自的東西，我一邊洗碗，一邊想等會我總是要開口的，總不能老是讓人家先提起這些事。

況且，今晚是最後的機會了。

洗完碗後，我與周叔叔一同到了客廳，他打開電視，任電視隨意播放節目，而周叔叔沒有看電視，只是一邊聽一邊剝水果，我也低頭吃著。

沉默了一會，電視忽然傳來熟悉的片頭曲，我下意識地抬起頭，發現周叔叔也是。我倆對看一眼，見到彼此眼底的驚訝皆是一笑。那是一個瞭然的笑容，我想，我們想的是一樣的——周禰特別喜歡《Friends(六人行)》，那片頭曲聽得我耳朵都快長繭了。

周叔叔說：「小冧很喜歡看影集，也喜歡看電影。」

「她最喜歡《Friends（六人行）》跟《POI（疑犯追蹤）》」我自然地接話。

他的目光多了幾分讚賞，「沒錯，妳很了解她。」

我笑道：「畢竟認識這麼久了。」

「是啊，認識好久了……」周叔叔慢慢把水果往嘴裡送，語氣輕緩，「倒是沒想到最後妳們會走在一起。」

終於要進入正題了嗎……我暗自深吸口氣，為自己加油打氣。

周叔叔的手伸進了大衣裡，在我疑惑的目光下，竟是抽出了兩個紅包袋。

我怔怔地看著他若有似無的笑容，「這是……」

「一個給妳，一個給小冧。」他低道。

我顫顫地接過，定眼一看，眼淚不聽使喚地淌下。我輕問：「我可以，跟周冧交往嗎？」

周叔叔清俊的臉龐上掛上了一抹淺笑，看得我心裡踏實了。

「小冧麻煩妳了。」他說。

我點頭。

周叔叔只不過說了短短幾句，卻讓我心底的大石徹底放下了。

此行不悔。

翌日，我帶著周家的祝福坐上前往臺灣的飛機。

我這次回去沒有先跟皇太后報備，我怕她殺到機場來跟我說教，傳授什麼奇奇怪怪的東西，我消化不了啊！

到底為什麼媽媽組的學習力這麼旺盛！我都沒有她們這麼好奇了！

不過即便我沒說，我想周阿姨大概也會跟我媽說，所以一下飛機，我便在人群中一眼看到殺氣騰騰的皇太后，我想哭啊！

我硬著頭皮走向她，一對上她吹鬍子瞪眼睛的模樣，我後頸一涼，心裡忐忑。當我站定到她面前，她的手伸了過來——

我趕緊閉起眼，以為免不了被揍一頓的。

然而，那隻手不過揉揉我的頭髮，我慢慢睜開眼，便見到皇太后唇邊淺淺的弧度，「做得很好。」

坐進皇太后車裡後，我癱在後座哀號：「哎，累死我了，回家後我肯定要睡上三天三夜！」紅燈前，在駕駛座的她向後瞟我一眼，「誰說要讓妳進家門的？」

「呃？妳不是說我做得很好嗎？」難道剛剛只是我的幻想？

皇太后轉過頭，冷冷地說：「一碼歸一碼，我把妳送到周家去，其餘自己想辦法。」

有人把女兒這樣送進火堆中的嗎！

「周家又沒有人！」我抗議。

「妳當我不知道妳早有了隔壁的鑰匙嗎？」

我縮了縮，特別慫。

「好了，妳就在那乖乖等小周回來，自己閉門思過去。」

這絕對是我後媽，不是親媽。在駛近家裡時，我還抱有一絲她是開玩笑的想法，誰知她真把我扔在周家門前，我想哭啊！

皇太后降下車窗說：「後車廂有妳的行李，不過只有一週的份，一週以後……嗯哼。」她那笑容笑得我心裡發寒……見她踩油門就想走，我趕緊攔住她。

「妳不會又是跟周阿姨打什麼奇怪的賭吧！」女人的第六感很準的！

皇太后目光閃爍了下，我氣惱，她狀似心虛趕緊踩下油門跑了！我氣得跳腳，心裡憋屈！好啊，好一個世界狂的媽媽組，真棒。

我長嘆口氣，算了算了，我先進周家也好，提早布置什麼的也是行……我就這樣心如死灰地走進屋內，掏出鑰匙打開門。

一打開玄關燈，地上的四雙鞋吸引了我的注意。兩雙高跟鞋、一雙皮鞋與一雙球鞋……除了高跟鞋外，另外兩雙實在不像周祤的鞋。

我慢慢脫下鞋子，滿腹疑惑，正想是不是有其他人在時，我走進客廳，忽地頓住。

沙發上有人，而且是兩個人——姜經理正壓在周祤身上。

我呆愣在那，掃了眼桌上的幾罐酒，一股冷意從腳底快速竄過後腦。兩人的親密昭然若揭，我深吸口氣，轉身往外走。

哀莫大於心死，我還真想回去叫周祤還我機票錢，枉費我走這一趟。

我拿出了手機，在周祤的對話框裡打了一段話，在模糊的視線中，按下送出鍵。

我鼓起勇氣自己出國，想為周祤、為我們做些什麼，然而周祤在這跟人親暱，我怎麼想怎麼扎心。

我在路邊隨便招了輛計程車，上車後，我朝司機大哥說：「最近的一間旅館，哪間都行。」

他默默瞧我一眼，大概是被我的眼淚嚇到了，趕緊往前開。

去哪都好，別給周祤找到就行。

如果此刻我是生氣的，也許會比較好過吧。

但是我沒有。我不恨也不氣，就是悵然。我不覺得有什麼好意外的，周祤本來條件就好，我配不上她。

這樣也挺好的，我覺得。

我真的這麼覺得……

♥

人失去動力，果真是一件很可怕的事。我躺在旅館的床上看著天花板發呆，聽著牆上時鐘滴滴答答的聲音，像是場驟雨，一點一滴澆熄了我的滿腔熱情。

我之所以趕著要今天回來，是因為明天是周祤的生日。

今年她的生日，應該會是我第一次缺席吧。我倆有個默契，每逢彼此生日，肯定不顧一切排開行程，親自為對方慶生。

今年我要失約了，不過也無所謂了。

我也不氣姜經理趁虛而入，她本就比我更早喜歡周祤，感情大概也是有先來後到這事吧，所以我並不氣惱。真奇怪，我明明是錙銖必較的人，可現在我卻異常的坦然。

我有種鬆口氣的感覺。

如果是女王妹妹，肯定會氣我為什麼不衝上去拉開姜經理，跟對方來個你死我活，再掐死周祤。我應該是要這樣的，可當下我腦海中一片空白，只有一個字：逃。

對，所以我躲起來了，像個懦夫。

我揉著眉心，想著日後怎麼與周祤相處。上次這般懊惱是在她莫名其妙上了我之後，我思索起兩人關係，才多久而已，我竟又面臨一樣的煩惱了。

「唉……」我轉過身，趴在床上抱著枕頭嘆氣。

周祤若是對姜經理有那麼點意思，先前為什麼又執著於我？還是對她來說，腳踏兩條船很刺激呢？

不，周琍不是這樣的人，她大概對我只是嘗鮮，試了一次後覺得還是姜經理好，所以吃回頭草吧？

我為此刻還能冷靜分析的自己感到佩服。

我才到旅館沒多久，手機便響起了，見是女王妹妹，我怯怯地接起，「喂？」

「妳去哪了！」

面對女王妹妹的質問，我苦笑，「我去朋友家借住幾天，過幾天就回去。」我哪敢說我在旅館。

「周姊姊剛剛來找人。」

滴。那是我嚇得直接摁掉電話發出的提示音。

我趕緊縮進被窩裡，明知道周琍找不到這，我還是覺得心驚膽戰。

我正在想該不該跟章章說一聲，如果是周琍肯定會往章章那兒找，我就是知道這點才沒躲去章章家住，要不牽累了她多難看。

不過除了章章以外，我真想不到還能依賴誰。我這才發現，我太習慣有周琍了，一旦她不在了，我好像就什麼都沒有了。

我回不去家裡，怕周琍來家裡找人。此刻就慶幸我們不在同一間公司，上班日到了，她終究是要回去的。

所以，我只要再躲兩天就好，星期一就可以回歸正常了。

我現在光是聽到「周rj」兩個字都感到眼熱鼻酸，更遑論親眼見到她了。

對，我是極其自私又自負的人，心裡早認了周rj是我的人，一旦發現她其實不屬於我，我就怕了、疼了。

我覺得感情是極其狹小的世界，一個人有些空蕩，兩個人剛剛好，三個人水火不容，其中肯定有誰會受傷的。

不過在愛情裡，誰不是滿身傷痕。

肚子仍舊不爭氣的餓了，想想這附近就是個夜市，於是我一邊掙扎，一邊下床出門覓食。

開門前，我看了眼牆上的時鐘，再五分鐘就要過午夜十二點了……心裡劃過一絲沉痛，這跟我計畫中的未免也差太多了。

我總學不會教訓，總是忘記準備 Plan B，想到什麼就去做什麼，從不瞻前顧後。

手一摸上門把，外頭傳來敲門聲。我一抖，便聽到門外說：「蘇小姐，我們老闆招待房客吃宵夜，妳需不需要來點呢？」

「好好好！當然——」

我百般雀躍地推開門，卻對上一雙通紅的眼眸。我嚇得趕緊關上門，可那手攀上門，我不敢強硬關上，深怕夾到她的手，於是鬆開了。

我連忙往外逃，周rj便在後邊追，大喊：「蘇懿茜！妳敢躲就要敢面對！給我停下！」

我不過就是想吃個宵夜，為什麼周翊會在門外！而且我自認自己做得滴水不漏啊！到底哪個環節錯了！但我無暇多想，拚命跑下樓。

「蘇懿茜！」周翊不計形象站在上面朝我大吼：「妳怎麼捨得跟我分手！」

我一抖，這麼大聲的出櫃是想讓整間旅館的人都知道就是了……我默默停下，嘆口氣，「妳怎麼找到這的？」

周翊晃了晃手機，我這才想到周翊定位過我的手機，該死的，我壓根忘了這回事。見周翊想走下樓，我朝她說：「妳敢下來我們就真的完了。」

「妳！」她氣結，可真的把腳收回去了。

我這人還是要面子的，也很清楚周翊既然找到這了，我再跑也沒有用。我轉身走上樓，鼓起了勇氣說：「有什麼事進房說，妳不要臉我還要。」

周翊抿脣，不發一語跟在我身後。

進房前，我瞅了眼呆滯在一旁的服務生，他趕緊溜下樓。剛剛混亂中我沒看清楚他手上拿著什麼，低眼一看，地上有個蛋糕紙盒。

不用周翊解釋，我也知道這是她拿過來的，我便默默拿起走進房裡，放到桌上。裡面怎樣的慘不忍睹我就別親眼見著了。

像是周翊跟姜經理有一腿這事，我也不想親眼看到。

一關上門，我立刻說：「妳敢碰我，我這輩子就不會再見妳了，我認真的。」我看著她，語氣平靜。

周祤閉上眼狀似深吸口氣，坐到了沙發上。

我坐到床邊，不知道要說什麼。

周祤再次睜開眼時，雙眸溼潤，「妳怎麼可以說這種話？妳怎麼可以說要跟我分手，還說其實我們也沒有開始過這種殘忍的話？」

我輕聲說：「那是事實。」沉默了幾秒，又說：「我沒有想聽妳解釋，我不想知道來龍去脈，我覺得我們就好聚好散，妳覺得怎麼樣？」

周祤安靜地看著我，滿臉不可置信。

我被她這樣的視線盯得渾身不自在，我摸摸自己的後頸，「過陣子等我們心情平復了一些，我們還是可以做朋友。」只是不是現在。

我清楚見到周祤欲言又止的模樣，我忍著翻攪的胃傳來的不適，盡量輕鬆道：「我相信我們都做得到，就像妳說過的，我們不會一輩子都膩在一塊，是吧。」

也許我比自己想像中的無情吧。

周祤垂頭，我就當她同意了，我繼續說：「挺好的，姜經理很優秀，很適合妳。」比我更適合。

「……妳說夠了嗎？」

我沉默，收起笑容。

周祤抬起頭的剎那，我的心咯噔了下，這是我……第一次見到周祤露出這樣的表情。

我只想到兩個字：絕望。

該感到絕望的人是我才對吧？

周祤含淚一笑，「妳知道我為什麼要拿蛋糕過來嗎？姜芸不過就是喝醉了，我有推開她，沒讓她做多餘的事……難道妳就這麼不信我？不相信我對妳的感情？我要是真的想跟她幹麼，我不會讓詹一起過來，所以門口才有四雙鞋！」

我默著不說話。

她紅著眼眶繼續說：「我寧可妳上來甩我兩巴掌質問我，而不是這樣轉頭就走，切斷我們之間的聯繫。」

話落，周祤站起身，我既不閃躲也不拉住她，而她忽然拉開背包，從裡頭拿出一雙鞋，彎腰放到地上。我看著正覺得眼熟，便聽到周祤說：「玄關的那雙鞋，是送妳的新鞋。原以為妳會開心的穿進來找我們的。」

話落，她望向門口，我隨著她的視線看向我脫在門邊的鞋子，見到了鞋尖的開口笑。

我低下眼，不發一語。

在周祤關上門後，我打開桌上的紙盒，定眼一瞧，我以為再也流不出的眼淚安靜滑下。

蛋糕被摔得歪斜，可上頭的英文字仍清清楚楚。

「Will you marry me?」

選在周祤生日前趕回來，就為了問周祤，願不願意跟我交往……我倆都在這天互訴情意，真是要命的默契。

我想，無論我的答覆是什麼，都不重要了。

第七章

情侶之間送鞋會分手這事，我覺得純屬迷信，章章卻為此大驚小怪，我頭疼。

「妳趕緊回去給周女神一塊錢，這樣就可以消災解厄了！」她搖著我的肩膀。

我推開她，喘口氣，「別鬧了，要是真的情比金堅，就算幾百雙鞋子砸下來也沒事好嗎？」

為什麼章章這姑娘會知道呢？因為我星期一上班時，頂著腫得跟核桃一般的眼睛，再加上我真找不到人訴苦，我憋不住啊！就這麼對章章出櫃了。

「妳不用說我也早認定妳倆是一對啦！」

呿，真沒成就感。

說到底，就是我不夠相信周翊，而她也不夠相信我。我不知道各位看官看到這，有沒有覺得周翊的個性其實很糟糕？別，先別砲我，容我細細說來。

拿我被之前的部門經理下藥這事來說好了，周翊是在她那邊的事全辦完以後才告訴我，而且是我威脅她，她才願意說；那晚我只要稍有退讓，她肯定會打混過去。

我不喜歡這樣。

我不喜歡她什麼都瞞我，都以為自己處理好就好，當我是鳥籠裡的金絲雀嗎？

這就是我倆之間最大的問題。

冷靜過後，其實我大概知道周翊並沒有做出對不起我的事，尤其在姜經理一臉愧疚地約我過去時，我就明白一切都是誤會了。

「小蘇，我可以替周翊掛保證，她沒有對我做什麼，同樣的，我也沒對她做什麼。我就是酒品差了點，喝醉了就喜歡纏著人抱……何況詹也在場，真的。」

我嘆口氣，瞧姜經理一臉委屈，好像是我欺負她似的。我扯了扯嘴角，問：「怎麼你們都在周翊家？」

「原本說好要給周翊慶生的啊，還有順便祝賀她新工作順利，最重要的是，我跟詹都想看周翊求婚的樣子啊。會喝酒也是幫周翊壯膽，陪她喝而已。」

我疑惑地問：「可是，我跟周翊沒約好啊，我可是出國一週……」

「周翊說，她自己生日這天，妳肯定會來的。」

一時間，我心裡湧出難以言喻的感覺，有些說不上話。周翊什麼都料到了，唯獨沒想到我的不安以及倔強。

不喜歡解釋的周翊與總是想太多的我，湊在一起便是悲劇。

就算今天沒因為這件事吵架，往後也會為了類似的事情胡鬧瞎搞，這點我敢保證且能預料，這次不過是提早發生而已。

別看我這麼衝動，其實周翊倔起來不輸我，這點我倆半斤八兩。

不是什麼事情都能拿「愛」來當藉口，尤其我與周翊熟識多年，已經不能用初相識難免有磨擦來自欺欺人。如果我跟周祤真的有打算進一步發展，我們都得改變並且有所妥協。前提是有這機會才好。

我家的人都知道我與周祤鬧翻了，但沒有任何一個人追問。

我表面仍維持平常的歡脫，不過我的家人們還是選擇與我保持距離，理由是不知道我這個不定時炸彈何時引爆，我哭。

據章章說，不算清冷也不算熱鬧的公司最近將有來頭不小的訪客。我在旁聽得興趣缺缺，章章瞪我一眼，「妳什麼都不好奇，人生有什麼樂趣？」

「知道愈多的愈早死。」我涼涼瞥她一眼。

「那，我再跟妳偷偷說個小道消息，妳肯定有興趣。」章章興致勃勃。

我不好拂她面子，於是厚道的問：「什麼？」

她用唇形說了兩個字，我立刻意會到了。

這事可真非同小可……我東張西望，在熱鬧的員工餐廳壓低聲音問：「真的？」

「假不了。」章章笑吟吟地說：「又不是只有妳有朋友在Z公司，我也有朋友在那，周女神肯定會來。」

我頓時感到有些不安。

既然章章都說起了Z公司，我就順便問問那位神通廣大的黃先生到底什麼來頭，不問還好，一問我差點被飯噎死。

「妳說的黃先生就是Z公司的副總啊，聽說他那天也會來我們公司喔。」

副、副總……我暈。

怎麼我身邊除了章章比較親切外，其餘的一個階層比一個高啊？我就想窩在我的同溫層不行嗎？我抹臉，心臟簡直要被嚇出病了。

不過，周祤能被黃副總賞識，我替她感到開心。

「是說妳失戀也就星期一那天魂不守舍，接下來幾天妳看起來完全沒事啊。」章章一邊偷夾我盤子裡的肉塊，一邊說：「我以為妳會哭個三天三夜呢。」

我無奈笑道：「妳當我張惠妹喔。」

我不是真的沒事了，我只是知道，就算我頹廢度日也不能改變什麼，但Z公司的人來訪那天，若是可以我真想請假啊。

「我不會告訴妳的，妳甭想。」

……損友！

算了，反正公司這麼大，我不信會這麼衰撞見周祤與黃副總，我躲就是了！我與周祤關係破裂大抵也是天命，是我倆現階段越不過的坎。我不知道周祤想些什麼，只是時不時想起那個求婚蛋糕。

我心疼我的機票錢！打水漂了啊！就是拿去買一堆雞排我都覺得比較值得！

總之，我後來也不是沒有繼續關心周祤跟黃副總要來公司的事情，但他們到底會在什麼時候來訪，我身邊沒有人知道。最後我只好硬著頭皮，跑去問了詹經理。

我知道他會婉拒我，但我沒想到他會用這個理由。

「小蘇，妳終究要面對的，但還是先做好心理準備吧 。」

我微愣，「為、為什麼？」

「現在的周祤妳可能認不得。」詹經理語氣平靜，「連姜芸都感到陌生了，妳要是沒做好心理準備，就別見了。」

語畢，他轉身離開，留下一頭霧水的我，百思不得其解。

沒過幾天，我就懂了他的意思。

♥

縱然章章不說、詹經理不說，將有來頭不小的訪客這事終究傳遍公司，我第一個想法是避而不見，但這陣子工作很多，我根本不敢請假，轉念一想，見見周祤也好。

章章以為我會很緊張、很忐忑，事實上我還好。我還是上班打卡制、下班責任制，做些我平常該做的事，不過一週我就把這事全拋之腦後了。

報稅季與年末結算，可以說是財務部門最忙碌的時候，忙得人仰馬翻，加班習以為常。

這幾天我忙得暈頭轉向，已經習慣下班披著濃墨般夜色回家了。

繁忙的工作之餘，我忍不住思索起與周翗的關係。

或許對周翗來說，這是她盼了好多年，好不容易才等到的機會，所以感情濃烈，恨不得馬上把我綁在身邊，跟我進一步確認關係。

可是對我來說，卻只是一下子的事。

我對周翗的心態千迴百轉，從一開始的震驚不解，到慢慢地接受，不得不說我被周翗感動了，然而有了點摩擦我就怕得退回原點，輕易地被擊倒。

說來，終究是我安全感不夠，而追根究柢來說，是我倆感情基礎不夠穩定。

幾天不見周翗，除了讓我冷靜了些，站在原點的我，也不禁想，我跟周翗的步調是不是該緩一緩？重新從朋友做起。

當然是忙完這一波工作之後再說，現在我已是自顧不暇，沒有多餘的心力與周翗心平氣和的說話。

周翗就像是一道難解的謎題，等我想到了謎底，她早已換了謎面。

我倆現在到底是朋友？還是情人？我想不明白。

吃員餐時，章章壓低聲音神祕兮兮地問：「妳想不想周女神啊？」

我瞟她一眼，「我覺得妳比我更想她，妳要是想她就跟著跳槽到Z公司啊。」

「我呸！別急著替我找工作！」章章瞪我一眼，「我是在旁看著覺得著急，妳再不聯絡周女神，小心她跟人跑了。」

周舸就是不跟人跑，也有的是主動貼上去的人——這話我沒膽告訴章章，只能隨著一同送入嘴裡的飯菜嚥下。想她嗎？老實說，還好。可能是因為忙碌沖淡了思念吧，再加上那晚我說的話是真的絕情，沒有資格想念……

人生總有些驚喜是猝不及防地砸到妳頭上，對，用砸的。

今早一進公司，我便猛打哈欠。昨晚太晚睡了，現在整個人昏昏沉沉的，大概到下午才會清醒吧。

我走到茶水間想泡杯茶醒神，打開茶罐一看，茶包沒有了。我一邊碎念，一邊踮起腳尖勉強打開上方櫃子。

我伸長手臂，卻發現補充的茶包放在太裡邊，於是順手拿起雞毛撢子拚命向內勾，最後我乾脆邊跳邊往櫃子裡掃，就在我準備放棄的時候，一道陰影忽地從後籠罩我，同時我也勾到了補充茶包，茶包隨即掉了下來，砸到我頭上。

我一時驚嚇過度，手上的雞毛撢子比我先做出反應，向後拚命揮，「鬼啊！走路沒聲音的鬼啊！」

「夠了。」

砰！那是我自己嚇得撞上後邊櫃子發出的巨響。

我手上的雞毛撢子被搶過，眼前的女人頭髮凌亂，臉上的妝被雞毛撢子掃花了……

我嚥了下口水，覺得慫，顫顫地打招呼：「嗨……周裲……」

對，這嘴裡還有幾根羽毛的女人，就是好久不見的周裲。定眼一瞧，我驚呼：「妳、妳的頭髮——」

周裲一直相當寶貝且自豪的長髮剪去大半，留了一頭俐落的短髮。雖然美麗依舊，但少了幾分嫵媚柔情，多了幾分精明幹練。

她瞥了下自己的短髮，淡淡道：「長髮礙事。」

「哦……好……」

周裲撿起茶包遞給我，氣氛特別尷尬。不知道是不是我的錯覺，周裲看我的眼神似乎有些陌生。在我正要與她道謝時，她卻踩著她極細、極高的高跟鞋，一語不發地轉身走出茶水間。

我搔搔頭，將茶包補充進罐子裡，隨手泡了兩杯茶走回辦公室，腦海想的全是周裲。若不是那雙眼睛，我恐怕真認不出她來。我從沒見過周裲剪這麼短的頭髮，長度似乎只到了耳下，我真要嚇到吃手手了。

我小心翼翼地端著茶，心想，那眼神也許只是我的錯覺罷了。

如果是周裲，不會不理我的。

可能是因為正在想事情吧，我沒特別注意前方，等回過神時，是一股柔軟撞入了我懷裡，我手上的茶水跟著灑出來，華麗地灑到壓在我身上的女孩。

我愣在那，聽見對方喊疼時我才趕緊回神，「嘿，妳沒事吧？有沒有燙到？」

對方抬起頭，我才發現她是我的學妹，也是公司的新進實習生，小方。我憂心忡忡地上下檢查她全身，「對不起、對不起，我恍神了，妳站得起來嗎？」

小方勉強一笑，搖搖頭，「我沒事，學姊別緊張。是我走得太急了，不小心撞到學姊，妳還好嗎？會不會痛？」

我哈哈大笑幾聲，拍拍她的頭，「妳那麼輕，就算十個妳壓在我身上，我都不覺得重，當然不會痛啦！」

小方嗔我一眼，與我相視一笑。

「上班時間在這做什麼？」

我一抖，一道淩厲的聲音從後方傳來，我這才想到小方仍坐在我身上，我趕緊扶著她的腰與她一同站起來，轉身低頭道歉：「抱歉，姜經理。」而與她並肩走來的人，便是周祤。

我有錯在先，再加上這攸關小方在上司心中的評價，我趕緊搶在她面前護道：「是我不對，不小心撞了方棠。」

同樣多日不見的姜經理神色和緩，但似乎顧慮著什麼，仍壓低聲音斥責：「輕鬆與隨便，我希望妳分得出其中差異。」

我偷偷覷了眼她身旁的周祤，面色冰霜，一眼也不瞧我。

「我明白，真的很抱歉，不會再發生意外了。」我認真回。

姜經理嘆氣般地說：「知道就好，趕緊回到位子上做事吧。」

我鬆了口氣，正要帶著小方回辦公室時，我發現了她襯衫因為被水潑到的關係，裡面的胸罩若隱若現，我趕緊脫下自己的外套往她肩上披，「穿著。」

「學姊？」

我也發現她手臂被缺角的咖啡杯劃了一道傷口，血珠滲出，我便拉著小方往茶水間走，與姜經理她們擦肩而過。

「經理，我帶小方去擦藥。」

這時一直沒有說話的周裲冷不防地說：「不過就是小傷，用不著這麼大驚小怪吧。」

空氣似乎在這一刻凝結了，我有些錯愕地迎上周裲的淡漠。

「學姊，沒關係的，我自己找時間去擦藥就好，不用現在……」小方怯怯地拉了拉我的衣袖。

我握住小方的手腕，沉住氣，朝著她們盡量語氣平靜地說：「是我害小方受傷的。我保證絕不拖延工作進度，一會就好了。」

周裲的視線慢慢從小方身上移到我臉上，她勾唇一笑，「隨便妳，畢竟姜經理也沒有說不行，是吧？」

周裲渾身帶刺、陰陽怪氣，我忍不住而皺眉。姜經理朝我點點頭，我便趕緊帶小方前往茶水間，心裡不斷嘆氣。

不過就幾天沒見，周翊怎麼就像變了個人似的……

「對不起。」

小方的道歉讓我回過神。我看著她眼眶含淚，慌慌張張地說：「別、別哭啊！妳忍著，是不是我弄痛妳了？」

小方拚命搖頭，豆大的眼淚就這麼滑下。

我慌了手腳，不知道該怎麼辦。

她抽噎道：「是、是我害了學姊……對不起……」

我拍拍她的背又趕緊抽幾張衛生紙往她臉上抹，「我也只是被念一下，小事而已啦！」我真覺得這沒什麼啊，眼前情緒失控的小方讓我比較驚恐就是了。

「要不是我因為看了男友……啊……是前男友的訊息，就不會撞到妳了。」

我很快地捕捉到關鍵字：前男友。

我小心翼翼地問：「妳……跟男友分手了嗎？」不問還好，一問小方眼淚掉得更凶了。手邊的衛生紙又恰巧用完，我只好用指腹抹去她眼角的淚珠，安慰說：「沒事了，哭一哭就好了，之後要打起精神過日子。」

見平日開朗又乖巧的小方哭成淚人兒，我是真有些於心不忍，「好了，別悶著啊，要不我晚上陪妳喝一杯好了。」我抱抱她。

「學姊……」

「蘇懿茜！」

我一抖，這樣溫馨感人的氛圍就被章章連滾帶爬給打破了。我一邊摟著情緒仍不穩定的小方，一邊問門口急急忙忙的章章：「怎樣？天塌下來了是不是？」

「比天塌下來還恐怖！」她指著我跟小方說：「妳還有閒情逸致在這泡妞！妳知不知道剛剛姜經理宣布了什麼事！」

「妳當我有順風耳哦？」我吐槽。

我承認，就算看到章章如此慌張的模樣，我也沒當一回事，所以才能這樣開玩笑，可當我聽完她帶來的消息時，我便笑不出來了……

「妳要跟周女神單獨到外縣市出差了！就兩個人！」

……三小？

♥

究竟在我拉著小方擦藥時，辦公室出了什麼亂子呢？

據章章說，原來昨晚Z公司的高層就先來這開會，上層早已做出了決定，今早不過是將昨晚的開會結果「通知」我們而已。日後我們公司將與Z公司有密切往來，為了這次項目，我們部門得派個人隨同Z公司的人前往勘查。

就像黑道電影總是先派底下小嘍囉探路，我現在就是這樣的被推出去，我哭。

至於為什麼是我呢?因為我的確是我們部門最菜的，只要是老鳥不想做的，多的是可以把我推出去的理由。

只是，要跟周翮一起啊!那個冰氣全開的周翮啊!跟在她身邊跟進冰庫沒什麼兩樣!我絕望。

而且這一去，就是五天四夜，跑遍整個南臺灣。

我知道公司一直都想拓展，但沒想到會跟Z公司的人合作，雖然上次合作破局，但似乎無損兩方交好的關係。

我走進辦公室，面如槁木，各種視線投注在我身上，我芒刺在背，心裡荒涼。想到日後與周翮接觸的時間變多，我不由得心驚膽戰，卻不知道周翮做何感想。

今晚，我真的想跟小方喝一杯了。

「我?我不去，我又不愛喝酒。」章章搖頭，「不過我還是能去敬妳一杯訣別酒，妳覺得如何?」

……訣別不是這樣用的!

午休時，姜經理堆起滿臉討好笑容，跑來找我蹭飯。

我瞥她一眼，只覺無力。

「今天中餐我請客，下午再吃個好吃的甜點，妳覺得怎麼樣啊？」姜經理笑吟吟地問我，搖搖我的手，「小蘇，妳不會生我的氣，對嗎？」

女王架勢私底下煙消雲散，撇開工作上的雷厲風行，其實她挺可愛的，也比周翃更有女人味。

絕不是因為我比較喜歡長髮，不是。

我瞪她一眼，洩氣道：「算了，上面有正當理由要我出差，我無法說什麼。」撇除私人原因，能多一點閱歷我是樂意的。

有美食，還有美人在側撒嬌，於是我舉雙手投降了。

我們談了些出差的細節，語畢，我隨口問：「周翃是怎麼了？」

姜經理原本的笑容僵住，抿成一條直線。

對於她的反應，我不太意外，畢竟詹經理有稍稍提過。我輕問：「情況很糟？」

她低頭攪著咖啡，「周翃那性子，妳肯定比我更清楚，與其說是很糟，不如說是極好吧。」

這真在我意料之外了。

「周翃這次跟來，不是她自己的意思，是 Curt 的意思，哦，就是黃副總。從這點來看，周翃在Z公司混得不錯，這當然是好事，她值得被賞識。」

「但她開心嗎?」

姜經理愣住了。

我單手支著下頷，看著姜經理繼續說:「我知道這問題不該問妳，好吧，我改天再找周禰聊聊，雖然應該先和好的。」

姜經理眼裡的笑意深了幾分，「小蘇啊，妳還真悠哉呢。」

我兩手一攤，大概懂她話裡的意思。

與姜經理聊完後，我心裡的大石放下了些。午後她如約送來了甜點，不過份量有點多，又恰巧是周禰愛吃的，我便鼓起勇氣撥了通電話。

我的心跳跟那撥接聲相似，怦怦跳著，一接通，我跟著緊張，「喂?」

「有事嗎?」周禰淡淡地問。

真是冷冰冰的……可這並沒有令我萌生怯意，我繼續道:「妳還在我們公司嗎?我拿妳愛吃的點心給妳好嗎?」哼，敢拂我面子我就往妳臉上吐口水。

「我在詹經理辦公室，妳拿過來吧。」

掛斷電話後，我鬆了口氣，心裡還是有些怕她不理我。

確定手上的事都忙完後，我便到周禰那兒溜搭，我不知道哪根筋不對，以為辦公室裡只有她，開門大喊:「周禰!妳個沒良——」

一見到黃副總臉上掛著的淡淡笑容，我立刻慫了，低頭怯怯道:「黃副總。」

「別拘謹，來我這坐。」

我偷瞄他一眼，可真是進退兩難，但我都進辦公室了，只好乖乖坐到彭于……啊不，黃副總身旁。

「妳剛剛中氣十足的想說些什麼？」黃副總笑問。

我拚命搖頭，尷尬地笑了幾聲。

我總不能說，我是要罵您的愛將死沒良心早上凶我吧……我視線在兩人身上晃了晃，識相地說：「如果打擾到你們說正事，我東西放著就可以走了。」

「不、不，是我剛談完事，該走的是我。」黃副總單手壓著我的肩膀，巧妙地壓制住我想逃跑的想法。

我欲哭無淚，卻仍強顏歡笑，「那、那好吧……」

黃副總笑著走出辦公室，那笑容令我頭皮發麻……

我轉頭朝著對面的周祤笑道：「給妳吃，要是吃不完我再拿回家。」邊討好的把甜點盒推向她，「嘗嘗。」

周祤看我一眼，淡淡道：「我不喜歡。」

我訝異，趕緊打開盒子給她看，「妳怎麼會不喜歡？妳不是愛吃馬卡龍嗎？」

「那是妳喜歡的，不是我。」

我噤聲，渾身尷尬。

「那妳還讓我拿過來……」我垂著頭，默默把甜點盒收回來，「好吧，那我自己帶回家了。」頓了頓，我低聲道歉，「早上的事……對不起。」

我滿心期盼地看向周祤，可她紋風不動。我有些氣餒，但還是繼續說：「早上我嚇到了，才拿雞毛撢子掃妳臉，下次不會了。」

忽地，周祤哼笑了一聲，「不拿雞毛撢子，是想把水往我身上灑嗎？」

我怔怔地看著她，「當然不！那是意外。」我解釋歸解釋，心裡卻覺得有些委屈。周祤不曾這樣同我說話的，就是她再氣惱也不曾凶過我、酸過我的。

周祤肯定還在生氣吧……我的指尖捏緊紙盒，直接從裡面拿出了一個，再蹭到對面湊近周祤。

她眼底閃過一絲錯愕，那張漂亮冷淡的臉終於有了其他表情。

我鼓起勇氣，壓向她，「周祤！妳不能跟我生氣！」

她很快地恢復冷靜，皺眉，語氣不善地說：「妳有什麼毛病？」

一對上她森冷的目光，我打個寒顫，但沒退縮。

「對，我就是有毛病，才會被妳這樣冷落還是想拚命跟妳和好！」我把馬卡龍湊近她嘴角，「我不相信妳不喜歡。」

周祤用手撥開了我，瞪道：「說了不喜歡就是不喜歡，妳別鬧了。」

鬧？現在鬧脾氣的是我嗎？

我雖然想起身走人，再也不甩周祤，但一想到如果我這一走就真的與周祤毫無瓜葛，我心裡便有些抗拒。

看著周祤，什麼雲淡風輕、什麼毫不想念，都成了笑話。我發現，我是想周祤的，很想很想。

做回朋友，明明是最好的辦法，可我卻有些捨不得，不想就這樣跟周祤拉開距離。

「妳不走，就我走吧。」周祤作勢起身，我慌了，伸手拉住她。周祤大抵是沒料到有這一齣，一個重心不穩跌坐在我身旁。

「妳幹什麼——」

我想起了那晚令我難受的畫面，或許是因為難以宣洩，才讓我被沖昏了頭。我深吸口氣，咬了口馬卡龍，撲向周祤——

馬卡龍的甜在口中化開，在她的脣舌之間芳香馥郁。鬆口之際，我的舌頭將這塊糖推入她口中，再追逐她的舌頭纏上。

周祤嗚咽幾聲，我有些失神。

我根本不知道自己在做什麼，就這麼把周祤撲倒在詹經理辦公室的沙發上。

她用力推開了我，我因而跌到沙發下。

我呆呆地看著雙眼通紅的周祤，以及她眼裡的厭惡。

我的心狠狠一揪。

「請妳不要再做出這種事。」周翊壓低聲音，顫抖道：「朋友之間不該做這種事的，這讓我覺得很噁心。」

我揪住自己的衣襬，抿脣，點點頭。「對不起。」

我倉皇起身，逃離這令我感到窒息的空間，脣上還殘留著馬卡龍的甜膩。

這下我……似乎真的被周翊討厭了……

第八章

我不愛喝酒，但不代表我酒量差。

我討厭酒的苦味與嗆辣，但此刻我欲罷不能。

明明是我帶著小方小酌幾杯散散心，喝到現在似乎成了她在照看我。我心裡覺得很抱歉，但我停不了。

「學姊，妳、妳的酒量也太好……」

我搖了搖手中的玻璃杯輕笑，「這樣就佩服了？這大概五分醉而已吧。」我沒吹牛，真的只是微醺程度。

這時候多希望自己是喝不了酒的易醉體質，才不至於愈喝愈清醒。不過一會，酒杯又見底了，欲拿起酒瓶時，一旁的小方按住我的手，我轉頭，迎上一雙憂心忡忡的眼眸。

我失笑，「不是妳心情不好嗎？妳也喝點啊。」

「不了，我還得送學姊回家。」她認真說。

「我不想回家……」我閉起眼，單手支著下頷，「附近旅館住一晚吧，今晚不回家了。」雖然我壓根沒帶換洗衣物，不過隨便吧，洗一洗就可以穿了。

見小方仍未鬆開我的手，我睜開眼輕問：「小方，妳有沒有朋友或是妳自己喜歡過女生？」

小方明顯愣住了。

我擺擺手，正打算一笑而過時，小方卻忽地低道：「有，我自己……的確曾想過，不過似乎仍然沒辦法。」

這話聽得我有些來勁了，我追問：「哦？怎麼說？」

「我讀女校的時候身邊滿多女女情侶的，我自己也有頗多感情很好，甚至可以說是很親暱的友人，我的確曾想過那是不是喜歡，或是，也許我也能接受的，不過……」

「嗯？」

「喜歡這件事，會讓人猶豫嗎？我是說，猶豫喜不喜歡這個人、懷疑自己的感情是不是錯覺……等等之類的。再後來碰到這個男朋友，我才懂，真喜歡一個人，是不會猶豫的，會不顧一切的喜歡，不問結果、不計代價，畢竟，心動從來不是一種選擇。」

我低下眼，杯裡的酒液映著上頭的水鑽燈，讓我想到了周硃波光粼粼的眼眸。

我從未見過那雙眼黯淡無光，可稍早我見到了，見到了她的絕望與心死，再從她眼裡看到錯愕又不堪的我。

也許，最該省思這段關係的人，是我。

對周硃來說，她愛了我十年，我只是戀了她幾個月罷了。

對周硃來說，我開始喜歡她的契機會不會是不小心發生了關係，所以說直白點，大概只是想上她吧。

雖然我會被反壓，我哭。

小方一提起前男友像是打開了某種機關，拉著我滔滔不絕地聊往事，我沒聽進去多少，安靜喝著我的酒，而她其實也不需要我的回應，她只是想要一個可以傾聽的對象。

「對了。」她兀自停住回憶往事，在我尚未喝掛前問：「我家就在這附近，學姊要不要來住一晚？我有多的衣服可以給妳哦。」

我半睜著眼，懶洋洋地問：「妳一個人住？不麻煩？」

「一個人住，不麻煩的。」

「那就恭敬不如從命吧。」

於是我安心喝開了。

酒量再好如我，在喝掉了十幾瓶酒後還是醉倒了，而小方也如約帶我一起到了她家。

我斜靠在她身上，她問我手機在哪，要幫我打回家裡報平安，我翻找好陣子才從口袋裡掏出手機遞給她。

靠在她肩上，一路顛簸，我的腦袋昏沉沉的，小方說了什麼其實我聽不清楚。因為反胃感太強烈了，一下計程車我就吐了，像是要把胃掏空似的，雖然我的心已經空蕩蕩了。

我靠在小方身上慢慢往前走著，好幾次差點撞到一旁的牆，小方抱怨我喝得太多，我只是傻笑。不知走了多遠，小方忽地停下，我差點往前倒。

「幹麼？到妳家了是不是？」我搖頭晃腦看著四周，覺得這街景好像有些熟悉啊。

「抱歉，學姊。」小方摸摸我的臉頰，「我也是千百個不願意，但小命重要，我相信周學姊會好好照顧妳的。」

呃？什麼？

我還沒會意過來什麼意思，我的手腕便被人一拽，向前跌入了柔軟馨香的懷抱。那個人把我壓在她懷裡，低啞的嗓音從頭頂傳來：「謝謝妳，麻煩了。早上的傷還好嗎？」

這聲音……當我猛然抬起頭，便見到周翊那熟悉的面容。我的眼睛睜大，開始掙扎。周翊緊緊拽住我，我大吼：「妳滾！妳不要碰我！」

然而周翊紋風不動，眉頭微微一皺，低道：「別再動了，會弄痛妳的，我不跟醉漢計較，妳乖點。」

我深吸口氣，用力咬向她的手臂，她終於鬆開手，我便往前跑！可我身體太重、頭太暈，跌跌撞撞跑沒多遠，便往前撲倒——

我以為我肯定會撞得鼻子疼，然而我只是落入一個擁抱，在草地上滾了幾圈。

我疼得齜牙咧嘴，總算酒醒了些。我慢慢睜開眼，見到了星點稀零的夜空，也看到了深邃如海的眼眸。我呆呆地看著上方，心平靜了下來。

晚風流動，四周花草窸窸窣窣。

「總算冷靜了？」周翊涼如水的聲音傳來。

我沒看她，只看著天空，「也許吧。」

「阿姨要我來帶妳回家。」

「我知道。」

「妳就算是要外宿也該提前說一聲，要不是方棠打來，我真不知道該上哪去找妳。」

「這樣啊。」

周裯的聲音陡然低了幾分，「蘇懿茜，妳不要生氣了，下午是我不對……我跟妳道歉就是了，現在，跟我回家。」

我凝視夜空的視線慢慢地下移，定格在周裯臉上，那令我感到陌生的清麗面容。

風拂過，她的髮梢擦過我的睫毛。

「周裯，我想，我真的沒喜歡過妳吧。」

周裯不語。

「也許我該先跟別人試試，懂什麼是喜歡。」我一字一句緩慢地說：「我懂了，早該懂的——我這輩子都繞著妳打轉，見過的人太少了，才混淆了對妳的感情吧。」

「所以，妳想說什麼？」

「我得做出改變。」我輕閉上眼，「第一步，就是離開妳。」

溫暖的手摸上我的臉頰，我睜開眼，見到了周裯淒涼悲傷的笑容，「看來，我倆想法一致。」

我愣住。

「我也有所動搖，關於我是否真的喜歡妳這件事。」

我的胸口一揪。

「不過，還是有些不同的地方。」周祤伸手整了整我的衣領，「妳的目的是『還想當朋友』，我的出發點是『不想做朋友』，妳明白兩者的差異吧。」

我點頭。

「很好，現在我送妳回家。」周祤起身時順勢拉起我。

她的反應比我想像中來得冷靜，不過這樣也好。

我在她的攙扶下進了副駕駛座，而她，卻沒有立刻關上車門，雙手攀在車門上。

我靠在沙發椅上仰頭看她，疑惑道：「怎麼——」我話都還沒問完，車椅忽然被放下，直接放平。

我錯愕的想起身，卻見到周祤解開了襯衫的第一顆釦子，再解了第二顆。

……什麼情況？

周祤探入車內，雙手撐在我身側，我那個驚恐是無法用言語形容的。

「我原本是想忍到出差再說，因為妳這個月非常忙，忙到都快升天了，不過妳現在真的惹毛我了。」周祤伏下身，朝我的臉頰呼氣，「那就換讓妳升天好了。」

臥槽，劇情不是這樣演的吧！

她一邊說，一邊全數解開了釦子，藏在衣下的胸罩若隱若現。一手抬起我的腿，單膝抵進。

「等等……」我拚命想向後縮，可車內已經夠狹小了，根本沒有地方可縮！

「等？等什麼？等妳傻傻投入別人懷抱來玩戀愛遊戲？」周翎關上車門，打開了空調。她睥睨的視線自上而下，襯衫從肩上滑落，惹火的身材一覽無遺。

「我一直覺得妳只是需要時間釐清自己的想法，所以我願意等妳，但我沒想到妳會想出這麼蠢的點子。」周翎目光森冷，伸手拉住我的衣領，她低頭，語氣危險，「我真的得好好調教妳了。」

……這是什麼格雷總裁的路線啊？

❤

我說這車子難道不能用來好好開就好了嗎？非得做些不可描述的事才開心？

「開心？我看起來像是很開心的樣子嗎？」周翎咬牙切齒，彷彿我欠了她幾百萬似的。

「妳是沒欠我錢，但欠的情債可多著了。」她解開我的釦子，一顆又一顆，「我努力忍耐，拚命克制自己別接近妳，就怕傷了妳，不得已只好把妳推開趕走妳，結果妳呢？」

周翎說得又急又快，怒顏極美，嫵媚誘人。

酒勁極強，我渾身使不上力，癱軟在她身下如砧板上的魚肉任她宰割。指尖滑過我的鎖骨，再輕輕劃過胸口，輕易挑開衣領，我無法抵抗，心裡某處也是渴望與她親近。

吻落如雨，也不知道是因為空調，抑或太過隱密而刺激的狹小空間，我的身體不自覺微微顫抖。我推了推埋於胸口的周祤輕哼：「被、被看到怎麼辦……」

「這麼晚不會有人經過的。」周祤哄道，手掌順著腰側一路向上撫。

我呼吸急促，胸口順著脣吻的挑逗起伏不定，她是那麼輕易的解開背釦，我卻見不著她。

柔軟的細髮溜過指縫，周祤抬起頭，「嗯？怎麼了？」手卻沒停下，扒了我上衣再扔了我的胸罩，赤裸裸的。

我努力看著她，「我、我看不到妳，太黑了……」

「我希望妳能一直記得一件事。」

那樣溫柔的熟悉語氣，才是我認識的周祤啊。

「哪天見不到我，我也一直在妳這裡，明白嗎？小蘇。」

她用指腹按著我的左胸口，像是某種誓言，又似是個承諾，手指纏上我的右手，輕輕扣住，我頓時眼熱鼻酸。她低頭時，溫熱捲起我的乳尖，我如墜汪洋，徜徉其中載浮載沉。

什麼假意生疏、若即若離，在周祤面前都是把戲罷了，她一接近我，我那點亂七八糟的念頭可全沒了，忒沒骨氣。

周祤抬起頭時，我撫上她的臉頰，凝視她的短髮惋惜道：「可惜了，我喜歡長髮的。」

周祤的目光閃爍，咬了下我的指頭，惡狠狠道：「不管我怎樣妳都該喜歡的。」

我笑了出來。

「還笑。」她咕噥，在我胸口上咬出一圈牙印，特別疼。

我癟嘴揉了揉，指尖擦過了她的耳朵，她如觸電一般偏過了頭。

周祤嬌軟的反應令我感到新奇，手指追了過去，隱約能見著她的薄面含嗔，心裡蠢蠢欲動。而我的身體也比腦袋早一步做出反應，我奮力撐起身子，往周祤那兒倒。

「妳！」周祤顯然受到不小的驚嚇，這似乎在她的預料之外。

我雙手環住她的脖子，鼻尖湊近髮絲，張口含住她的耳朵。

周祤一邊躲，一邊發出了低低的呻吟，聽得我神魂盪漾，另隻手乾脆也揪住另邊耳朵兩指揉捏。

「嗯……別、別舔了啊哈……癢！很、很癢………」周祤縮著，柔身微微顫抖，討饒的呻吟很是色情。

我原本覺得車內空間狹小不便行動，可恰巧也讓周祤沒地方逃。我順著把她壓到了駕駛座，一邊放下車椅。她雙手抵向我的胸口，外頭鵝黃色的街燈柔柔灑進車內，看得我胸口一緊。

「妳做什麼！」周祤沒了方才的氣勢，困擾又疑惑的表情說有多可愛就有多可愛。

我也不知道怎麼解釋，可就是順著衝動低頭湊近她的頸窩。

「小、小蘇……妳……」

我拉下她的胸罩，沒半點猶豫。我稍稍抬起頭，入目之處山巒起伏，竟是無法一手包裹。我托起一邊，低頭含住。

周祤掙扎更甚，大抵是沒料到事情會這樣發展，更沒想到會是因為我恰巧拂過了她耳朵。

我用脣啣住嫣紅乳果，向上瞧她一眼，滿臉迷濛。換到另邊疼愛前，我落下了句「妳短髮也好看啊。」她的抗議隨即淹沒在呻吟中。在破碎的字句中，我聽見了她說：「我會再……為、為妳留長的……」

一股甜蜜流淌過心裡，我挺起身啄了下她的粉脣，微微側過頭，依在她耳邊輕輕說了句話，便見到她美目圓睜。

我脫下她的窄裙，趁著她失神之際，挺入雙腿間，低頭汲取芬芳。因為角度與姿勢關係，她的雙腿不得不架在我的雙肩上，那是想逃也躲不了，給了我極佳的機會好好探索。

「妳、妳看夠了吧？」周祤一邊輕喘一邊道：「妳放開……」

「不放開了。」

我回答她時，指尖也探上幽處徘徊。我不過用食指在布料面上來回搔刮個幾下，竟惹來她的扭腰擺動。我按住她的雙腿，低問：「周祤，妳很敏感嗎？」

周祤瞪我一眼，滿目嬌媚。

我也不知道該怎麼做，就是閉起眼湊近其中，顫顫地舔了下，她拱起身，也不知是逃離還是迎合。我看著覺得新奇，一把拉下內褲，鼻尖偎近。

「蘇——嗯、嗯！哈……啊……嗯啊……」

我按住她的腰，兩指挺入，深入淺出，一路顛簸。

舌吻交融，脣語呢喃，我聽見了她遲來的、卻又剛好的回答，眼淚流下。

「……等妳頭髮再次留長時，我們就結婚。」

「我願意。」

♥

「談起戀愛來，連節操都不要了。」這是少爺弟弟為我倆下的註解。

「是只有妳。」周祤擋住我的索吻，無奈的說。

周祤送我回家時，我倆有多狼狽就不說了，門一開，可讓三個人愣住了，不過他們還是極有默契的露出意味深長的微笑。

「恭喜姊姊有家可歸了。」女王妹妹如此說。

少爺弟弟在旁拍手，「可惜現在沒鞭炮，不然我真想放鞭炮慶祝。」

皇太后脣角一勾，朝周祤調侃道：「妳總算拿下她了，我真不知道我女兒這麼有能耐，把妳搞成這樣。」

周祤苦笑，可笑容有著說不出的甜蜜。

我仗著酒瘋賴在周祤身上不想起來，皇太后見狀，忍不住吐槽：「這婚都還沒結就跟無尾熊一樣賴著人家，渾身酒氣的，去洗一洗。」

見我一臉傻笑，周祤沒法子，只好任著我鬧，一路拖著我進屋內。

跌跌撞撞進了我房間，周祤把我推到門上，拍拍我的臉頰，「別發酒瘋了，去洗澡。」

我懶洋洋地靠在周祤身上，戀著她的體溫。周祤一把抱起我，就往床上扔。我瞪她，怎能這麼粗魯！她便壓身而來，手不安分地摸遍我全身。

「我累了，才不要做。」我推開她的手。

「沒關係，妳躺著就好。」周祤把我翻過身，坐在我腰上，一邊脫我衣服與裙子。我扭過頭，她吻住我，指尖來回撫過我的背脊。

「我要把一個月的份全討回來。」

我驚恐地瞪大眼睛，「妳哪來的體力！」我抗議，可很快地敗在她的手指下。我哼哼唧唧，艱難問：「那、那天妳跟姜經理……」

周祤頓住，捏了下我的腰，我疼得哇哇大叫，她無情道：「痛了才會長教訓。」

我委屈看著她，她瞪我，我便慫了，將頭埋進枕頭裡。

「我承認那畫面容易讓人誤會，我自己也沒避嫌，但是妳仔細想想，我要是真想跟姜芸幹麼，不會讓聲一起來啊，妳怎麼就不進來多問幾句?自己亂想。」邊說還邊戳我腦袋，可惡。

我不服地反駁：「妳知道我會亂想，就不會多跟我說幾句是不是?」

周溡的笑容多了幾分無奈，彈了下我的額頭，「算了，看妳也累了，先去洗澡吧。」便一把拉我起來推進浴室，順勢塞幾件衣服。

等我洗完澡出來時，周溡早走了。我走下樓，皇太后瞧我一眼，「小周讓我跟妳說她先回去了。」又指著桌上的蜂蜜水，「她留給妳的。」

洗澡過後思緒跟著清晰了些，我一飲而盡，無論是舌尖還是心裡都是甜的。

在旁的皇太后冷不防出聲道：「別在那傻笑，看得我都覺得噁心了，快上去睡覺。」

於是我就這麼屁顛屁顛地上樓了。

經過整晚的折騰，我已然酒醒七、八分。當我躺回床上時，手機傳來震動聲，我滑開一看，差點把手機扔了出去。

我打過去，接通後揚高聲音道：「周溡!妳他媽給我過來!」

「我是想告訴妳。」周溡幽幽道：「在我氣消以前，我是不會跟妳做愛的，但我會像這樣不定時傳裸照過去，給妳解解渴。」

惡魔!周溡是惡魔!

隔天，我想去隔壁抓人，無奈周溡早我一步離開，我氣得差點吐血。

接下來的日子裡，周祤每天都如她所說的不定時傳個照片來，充滿性意味挑逗的那種，舉凡浴室、臥室、沙發，甚至是上班到一半，也可以在廁所裡性感地拉扯衣服。

我實在鬱悶，不尋常得連章章都來關心我，「小蘇，妳這幾天怎麼魂不守舍的？」

我無力瞥她一眼，好一個啞巴吃黃蓮。

「難道又跟周女神鬧翻了？」章章疑惑地上下瞧，「可是不像啊，妳如果失戀不會是這反應，是有什麼困擾妳嗎？」

有，周祤不定時傳來的照片令我很困擾。

我都覺得我的手機被褻瀆了，啊不，是太過營養，讓我得小心翼翼護著手機。

我現在心情很矛盾，一方面知道自己被她玩弄於手心，另一方面又喜歡看看這些照片，一一珍藏。這大概就是男人D槽的心態吧。

我覺得我也滿有事的。

「還是因為出差覺得煩？」

見章章是真的關心我，我也不好隨口敷衍幾句打發，於是順著她的話點點頭，「對啊，不想出差。」

但不想出差跟要不要出差是兩回事。我的鬱悶也被姜經理看出來了，不過她是知情的，與章章不同。

茶水間裡，我與她面對面。

「怎麼？不是跟周祤在一起了嗎？鬱悶什麼？」她輕笑。

「說到這，我得先跟妳道歉。」我不好意思地摸摸鼻子，歉然道：「我之前誤會妳跟周祤……呃對，抱歉。」

「哦，這個啊。」姜經理意味深長地看著我，笑容優雅，「沒事，反正介意的人是周祤不是我。」

是也沒錯啦……

「只可惜了那長髮，我挺喜歡的。」

呃，真是一刀精準地插入我胸口，我尷尬笑了幾聲。

姜經理無所謂地聳聳肩，「反正頭髮還會長，妳倆沒事就好了，對了，下午我要去Z公司一趟，妳要不要跟去？」

我雙眼發亮，「可以嗎？」

「可以啊，妳工作做完了？」

我拚命點頭，想搭個順風車去見見周祤，想看看她的笑容。這時我才認真思考自己是不是也該買輛車了。我雖然有駕照，但剛出社會沒多久的我根本養不起車，縱然買了也是枉然。

我決定帶著甜點去Z公司探班，但我沒跟周祤說，想到可以看看她上班的模樣，我心裡竊喜。

姜經理失笑，「妳怎麼那麼像要去遠足的孩子？這麼開心？妳們不是住隔壁嗎？」

「她現在在外面租屋，很少回來的。」當然我沒說她都用照片問候我就是了。

近一小時的車程，我與姜經理抵達了Z公司。我隨著姜經理走進大樓，她直接感應卡片，坐進電梯。

電梯裡，我隨口問：「Z公司到底多大啊？」論這規模似乎與我們公司不分上下，但我們只是子公司並非總部。

姜經理瞥我一眼，淡淡答：「上面有心也有經營頭腦，拓展規模不過是遲早的事。」言外之意就是與我們差得有些遠了。

一走出電梯，我便拉著姜經理問：「我能不能去洗手間啊？」

她點頭，我便找洗手間去了。

初次踏進Z公司，所有的一切都讓我感到新奇，這裡簡直跟迷宮差不多。我搖頭晃腦地找著洗手間，也不知道怎麼走的，竟走到了一間交誼廳。

我探頭一瞧，雙眼睜大。

還真給我碰到周翃了！我正開心地想要進去找她，但再伸長脖子看了看，她身旁有人，還不只一個。我在那兒好奇地看著，她背對我用筆電，身邊圍繞著好幾個女人。

周翃與她們有說有笑，其中一個自然地挽住她的手臂，周翃也沒推開，見那個女人都要坐到她身上去了，我微微皺眉。

我知道周翊在上班，但我還是忍不住出聲叫喚：「周翊。」頓時所有人都回頭看向我，周翊更是直接站起身，想抽出手但被女人緊緊拽著，窘迫與尷尬一覽無遺。

我平靜問：「妳知道洗手間在哪嗎？」

「我帶妳去。」

「周翊。」那奶糖般的撒嬌聲聽得我雞皮疙瘩掉滿地。

周翊沒理她，趕緊走向我，訝異問：「妳怎麼在這？跟著姜芸來的？」

我點頭，見後面幾道冷光掠過周翊射在我身上，刺眼的視線讓我只想趕緊離開這，乖乖待在姜經理身邊。

「妳要去洗手間是吧？」那女人從後走來，雙手抱胸，挑眉看我，「外面都有指標，自己找洗手間不難吧。」

哇，這逐客的意味真濃厚呢。

我感到窘迫，尷尬地對周翊笑了笑，「呃對，她說得也是，那我自己晃一晃了。」

「欸等等，蘇——」

周翊喊了我，我回頭，可一見到那女人靠在周翊身上的模樣，我竟又慫了，腳底抹油溜走。

我在Z公司繞啊繞，一肚子的悶氣，可能是走得太急，在轉角不小心撞上人，我抬頭一看，趕緊打招呼：「黃副總。」差點叫成彭于晏了。

「原來妳跑到這了，姜經理找妳哦。」黃副總待人客氣，溫和地說：「等會有空嗎？我讓Carla 先帶妳逛逛，周祤應該還在忙著招待客戶女兒。」

我腦海中閃過方才的畫面，想著那大概就是黃副總所說的「客戶女兒」吧……

黃副總見我沒反應，出聲道：「不願意也沒關係，妳也可以到貴賓室坐著等姜經理。」

我才正要答應時，不遠處有人喊了聲「Curt」，我與黃副總同時回頭，便見到一位混血美人朝我們走來。

我正要退到一旁，誰知黃副總的手輕輕搭上我的肩膀，朝著金髮女說：「Carla，她就是懿茜，她來公司玩，妳能帶她參觀嗎？」

「不、不用麻煩。」

「當然。」Carla 說得一口流利中文，直接答應下來。

我在風中凌亂，眼前的黃副總笑得人畜無害，「她會好好照顧妳的，我先找姜經理開會了。」

就這麼把我丟在這了，這樣對嗎！

金髮女……啊不，Carla 朝我伸出手，「我是 Carla，我會帶妳去參觀。」

我只好硬著頭皮回握，說了聲謝謝。

我的尷尬癌直犯，不曉得該說些什麼！我偷瞄她好幾眼，有些侷促不安。

Carla反倒一派從容，忽地開口：「久仰大名，今天見了本人還能帶妳參觀，榮幸之至。」

「我、我也是！雖然我是第一次聽說妳……」我到底在附和什麼啦！

Carla頓住，掩嘴輕笑幾聲，「妳真可愛。沒關係，以後我們會常常碰面，畢竟我們公司有合作往來，妳跟黃副總又是熟人，日後機會多。」

我趕緊擺手澄清說：「我沒有跟黃副總很熟啦！我怎麼敢……」像我這種無名小卒哪敢沾人家光。緊張感一過，尿意湧現，我窘迫問：「那個，請問能帶我去洗手間嗎？」

「當然，跟我走吧。」她微笑。

近看這位混血美女，五官深邃，炯炯有神的眼睛，笑起來彷彿摻了陽光般迷人，那頭藏不住的金髮更是柔亮，令人讚嘆。

我看著看著，忽然見到她臉上多了幾分窘迫，我眨眨眼，她吞吐道：「有、有點害羞，妳這樣看我的話……」

我「啊」了聲，趕緊收回失禮的目光拚命道歉：「對不起！對不起！我沒有別的意思，如果讓妳覺得不舒服我真的——」

「不，沒事的。」她拍拍我的肩膀，「有人欣賞自己是一件令人愉快的事，而且，我並沒有覺得不舒服喔。」

我鬆口氣，趕緊躲進洗手間上廁所。

我怎麼覺得這場景似曾相識……我是不是也在哪遇過類似的情況……我打個寒顫，趕緊沖了水開門走出去。

我朝 Carla 一笑，低頭伸手湊近水龍頭洗手，見水龍頭沒反應，Carla 往旁站了些，「我這邊給妳洗吧。」

我道聲謝謝，左顧右盼了下。

Carla 察覺，開口問我：「妳在找洗手乳嗎？」我點頭，她便將不遠處架上的香皂遞給我，「洗手乳用完了，先用香皂可以嗎？」

「可以啊，謝謝妳。」我笑著接過，一個手殘沒接好，香皂掉到了地上，我趕緊蹲下身撿，兩人的頭磕在一塊。

我們同時愣住，相視大笑。

笑聲慢慢停了，Carla 說：「如果妳不嫌棄的話，我覺得我們可以當朋友。」

我點頭，回以一個笑容。

眼看這香皂溜到了 Carla 屁股後面，我也沒多想，只是下意識地向前傾撿個香皂，幾乎是同一時間，門口多了一個人影。

我撿起香皂，正要抬頭與 Carla 說聲時，入目之處多了一雙熟悉的高跟鞋，視線慢慢上移，見到了寒著一張臉的周衲……

我眨眨眼，怎麼覺得四周溫度瞬間低了幾度？

「哦，周衲。」Carla 早我一步站起身，順便拉著我的手臂一起。

我低頭整理儀容邊打招呼：「周翊？妳忙完了？」

周翊瞧我一眼，盯著我身旁的Carla不放。

知道周大人心情不好了，我趕緊跳出來擋在Carla面前打圓場，「哎，妳在忙嘛，所以黃副總先找個人陪我參觀一下。」

「妳在我老婆口袋裡塞了什麼？」

呃？口袋？

Carla走到我身旁晃了晃手中名片，「不過就是我的名片而已，妳敏感什麼？而且，婚都沒結呢，妳似乎叫得太早了。」

周翊微微皺眉，走進洗手間拽過我的手腕，甚至不讓我跟Carla說上一句話就拉著我走。

我被她拽得疼了，瞪著她的後腦勺說：「周翊，妳不能老是這樣。」

周翊停下，渾身殺氣。

「我怎麼樣？」周翊口氣不善。

我想到方才她跟人家有說有笑，有些來氣，「妳只會凶我，笑臉都給別人。」

見周翊皺眉，我又說：「剛剛那個女生是誰？妳難道不打算跟我解釋一下嗎？」

周翊狀似深吸口氣，語氣低了幾分，「妳既然不信我，我解釋又有何用？況且——」她忽然湊近，從我口袋抽出一張名片，翻到背面惡狠狠地說：「沒有人這麼直白的對我留過房號！」

呃，Carla留房號給我？什麼時候啊……就在我還一頭霧水時，周翊氣得直接轉身走人。

我無語問蒼天。

怎麼了，現在是全世界的 Les 都讓我遇一遍就是了……

第九章

對於五天四夜的出差這件事，我的心態千迴百轉、七彎八拐，請容我細細說來——

一開始我是震驚的，百般不願意在與周祤關係生疏時獨處，後來與周祤和好後，我是巴不得早點去出差，與她整天膩在一塊。

此刻，我介於兩者之間，沒有一開始的排斥，但也沒之後的期待。

我知道周祤生氣了，也知道她生氣的理由，但她這根本是「只許州官放火，不許百姓點燈。」她可以私底下跟別的女人卿卿我我，膩歪在一塊，我怎麼就不能跟別人交個朋友了？

我看著 Carla 的名片，頭隱隱生疼。

我知道跟周祤的情況比起來，我的是比較嚴重，可她也沒必要氣成那樣啊！我也不是真循著名片找人開房去了，我連自己口袋被放名片都不知道，她卻選擇對我生氣！

我不服啊！

但我不服又怎麼樣，這次就是我怎麼傳訊息、打電話，周大美人不接就是不接，我鬱悶。

等回到了姜經理車上，我長嘆口氣。

「怎麼苦著一張臉？見了小情人應該挺開心的啊。」

我委屈地看著姜經理，將事發經過一五一十告訴了她。

姜經理沉吟半晌，問：「妳知不知道周翊是個醋桶？」

呃？我瞬間當機，一時反應不過來。

「這就是吃醋的反應啊，妳該不會以為周翊是單純發脾氣吧？」姜經理不可置信地看著我。

我呆呆地看著她，點點頭。

姜經理扶額，「我開始有點同情周翊了……她吃醋啦！妳哄哄她就好了。」

哦，好吧，原來是吃醋，可我又不解地說：「可是我也沒做什麼啊！也不是我要 Carla 給我她房號的啊！我知道這行為不好，可她不能對我這麼生氣。」手指對手指，我憋屈。

姜經理空出右手拍拍我的頭，「周翊會生氣代表她還在乎，哪天她無所謂了，那才是真正的痛苦。」也不知道是不是我的錯覺，姜經理低垂的眼眸劃過一絲感傷，眼睫輕顫，「別讓彼此走到那一步。」

在一起真的好難。

我是一個容易放棄的人，可當我想放棄的那個人是周翊時，我是怎麼也無法輕易撒手的。我想了很多，一開始的不滿也漸漸平復，心裡空蕩蕩的。

我想跟周翊道歉，希望她原諒我沒顧及她的心情，不過她不接我電話，我只好留訊息，希望她能回電。我等到都要睡著了，好不容易才跳出她的訊息。

我睡眼惺忪的拿起手機，發現是個語音訊息，我直接點開，貼近耳朵，正做好被臭罵一頓的心理準備時，我嚇得差點把手機摔出去。

「嗯……哈啊……啊……」

好妳個周翃！

我的手機播放著某人的淫叫聲，可說是銷魂又性感，我白眼幾乎要翻到後腦勺去了。緊接著下面傳來了一句話，讓我差點失手封鎖了她。

「我只要按摩棒，不要妳了。」

我去妳的……我打過去，沒意外被掛斷，之後直接關機！周翃妳這個幼稚鬼！我在那七竅生煙，她在那搧風點火……氣死我了。

我要是再主動找周翃說一句話，我就當個翻不了身的受！

非常不湊巧的，翌日就是出差的日子。

早晨，我提著大包小包下樓，皇太后瞧我一眼，「怎麼？妳是要跟小周私奔嗎？妳要不要直接提著行李住到隔壁去？」

「現在不要跟我提到周翃那個幼稚鬼。」提到她我就氣飽了。

四人視線頓時聚焦在我身上，正在做早餐的爸爸默默往我盤子裡加了顆蛋。我坐到餐桌前，皇太后悠哉地吃著歐姆蛋邊問：「妳們一天不吵架會少塊肉就對了？」

我往嘴裡塞滿食物，跟著怨氣一同嚥下。即便睡一覺了我還是很氣！我更氣自己早上一個手殘再次按到播放，酥到整個人都不對勁了！

我不要那麼喜歡周祤了！恨死她了！

扳手指一數，距離上次做愛也快半個月了，我早已心如止水，想剃髮出家，這兩天被她這麼一撩，我只想大口吃肉。

豔照與音檔攻擊真的很棒，周祤真的很會，氣死我了！

「吃慢點。」老爸遞了杯溫水到我手邊，大抵是看不下去我倆這樣吵吵鬧鬧，勸道：「開開心心過日子難道不好嗎？」

我洩氣地看了他一眼，哀怨問：「我怎麼很少看到你跟媽媽吵架啊？」然後我就後悔問這問題了。

兩人立刻在我面前你儂我儂，搞得好像小龍女與楊過一樣一別十六年似的，我覺得眼睛痛，默默拿著空盤往水槽走，看了看時間，是該出門了。

對，我這個沒車的，人身自由全被周祤那王八蛋給控制了。

我雖然很想與我親愛的家人們上演一段十八相送，然而一個趕上班，兩個去上學，剩下一個翹腳看電視，根本沒人把我放在眼裡。

「不用回來沒關係，反正就在隔壁而已。」皇太后如此說。

我才不會去隔壁！不去！

不一會，周祤便開著我倆滾過的銀車駛到我面前，我先把行李放到後車廂，再坐進後座。周祤從後照鏡瞧我一眼，似笑非笑地看著我。

「看什麼看？」我凶她。

周祤挑眉，語氣輕快：「火氣真大，我以為該生氣的人是我。」

我差點咳出一口老血。到底是誰不接不回耍白目的？我翻個白眼，往車窗外看，懶得應了。

一路上我們沒講半句話，一股腦兒悶著。

上了高鐵，我不是滑手機就是看書，周祤則是安靜地看資料。肩與肩輕碰，我很努力不當一回事，心裡還是有些難受。

坐了一會，我莫名湧起睡意，我低頭小睡，故意不往周祤那兒靠。可當我聞到便當香味而睜開眼時，我是靠在周祤肩上的。

我心頭一緊，無聲凝視她清麗的美顏。

周祤有一對長長的睫毛，高挺的鼻子，飽滿柔軟的脣，以及敏感的耳朵……不不，我不能再想下去了，再想下去我都心軟了！

對，一開始是我不對，我遲鈍，可後來是她耍白目！我真的想和好她卻在那邊鬧，好啊，來互相傷害啊！

睫毛輕顫，我趕緊閉眼假寐，過了幾秒才睜開眼假裝剛睡醒。我睨她一眼，若無其事地挺直背脊，拿出手機低頭滑。

沒多久，我們就到了陽光明媚的南方都市。

說真的，我不明白自己此行跟來的目的是什麼。除了上頭的惡趣味外，我真想不到其他原因。對此周翃只是一笑置之，避而不談。

酒店的專車早已在高鐵站外等候，我與周翃將行李搬上車後，極有默契各坐一邊，彷彿是楚河漢界。

我跟周翃這陣子吵的架大概比從小到大加起來還多。我真的很不喜歡吵架，但人與人之間難免有衝突，尤其當妳的情人是個不愛解釋的霸道流氓，那更是雪上加霜。

到了酒店前，我與周翃下了車，遠遠地就見到一位身穿酒店制服的女人走向我們。隨著她的走近，我的雙眼跟著睜大。

「……Carla?」

Carla 朝我眨眨眼，「久候多時了，蘇。」視線慢慢移往周翃臉上，她微笑，「當然還有妳嘍，周助理。」

我開始感到胃疼了。

♥

昨天在Z公司碰見的 Carla，此刻竟穿著酒店的制服，出現在我與周翃出差入住的酒店裡。我感到疑惑不解，Carla 給我的名片上，公司名稱的確是Z公司啊？

「我爸是這裡的老闆啊。」Carla 優雅地捲起義大利麵一邊說：「這幾天希望妳住得愉快。」

我偷偷瞄了眼周栩，點點頭。

「我願意為妳進行特別的客房服務唷，只有妳。」她眨眨眼。

「咳、咳……不、不用了。」我差點被飯噎死。我往旁挪一些，就怕周栩身上的寒氣把我凍傷。

在酒店的 buffet 用餐本就是我們的預定行程，只是計畫裡沒有 Carla。我不知道周栩到底知不知道 Carla 的爸爸是這裡的老闆，我只知道她非常不爽。

我也覺得與有女友的女人調情是一件非常不道德的事，可這也不是我能控制的啊！

「我吃飽了。」吃沒多少的周栩倏地起身，一邊擦嘴，一邊睨我一眼，竟是一語不發的離席。

「喂！周栩！」我跟著起身，朝 Carla 歉然一笑，「抱歉，我先走了。」

「沒事。」Carla 單手托腮，笑吟吟地瞅我，「我們還有很多時間。」

我渾身起了雞皮疙瘩，趕緊跟上周栩。周栩走得太急，我根本不知道她往哪兒去了，只好回房去碰碰運氣。

不過房間鑰匙是由周栩保管的，我只能站在房門前敲敲門，果然無人回應。

「唉……」我頭疼。又等了一會，我抬手再敲了敲，門開了，一股馨香撲鼻而來，那是擦著頭髮的周栩。

她瞟我一眼，逕自走回房裡。

我關上門順勢鎖上，周溮正坐在梳妝檯前擦頭髮。我踟躕，還是硬著頭皮走近她。很意外的，周溮這次沒躲我，隨著我的走近，她手上的毛巾扔了過來。我趕緊接過，輕輕碰上她的細髮。

鏡中的周溮雙頰紅潤，浴袍鬆垮，鎖骨明顯，白嫩水潤的胸口肌膚若隱若現。

我深深地凝視著，浴袍下藏著怎樣綺麗的風景，我比任何人都清楚。

我想做些正事，可一對上周溮平靜無波的雙眸我便洩了氣，我只好拿起一旁的吹風機幫他吹頭髮。

周溮閉上眼，也不知道是不想見我，還是單純想休息。

過去周溮的那頭長髮，真要吹到完全乾得花上幾十分鐘，如今剪了個俐落短髮，不用幾分鐘便已半乾，我轉小風速，低問：「妳還生氣嗎？」

周溮沒睜開眼，也沒回答。

我覺得她可以對我發脾氣，也可以對我耍白目，可我不喜歡她這樣一語不發。

我輕輕撥開她落於後頸的髮，白皙脖頸露出，飄著沐浴後的清香。

然後，我關上了吹風機，低頭親吻。

周溮倏地睜開眼，掙扎著、閃躲著，我雙手圈住她，讓她困在我與梳妝檯之間。我單手攔住她的腰，吮吻後頸，再含住她的耳垂，舌尖玩弄。

周祤一邊推開我，一邊喘氣，「我說了在我氣消前不會跟妳做！」

我半掀開眼，見她蘊滿情慾的雙眸，低低嘆了聲，埋進她頸窩。

「妳可以不要不理我嗎？」我悶悶地問。

「妳有個漂亮洋妞就夠了啊。」她口氣酸溜溜的。

我噗哧一笑，「人家哪有我老婆漂亮。」

吃醋的周祤真可愛，不過不要太過火會更好。

「誰說要嫁妳了。」周祤自我胸口抬起頭，捏了下我的腰，「我不要嫁給一個愛拈花惹草的女人！」

「哎，又不是我主動找人家的。」我揉著被捏疼的地方，齜牙咧嘴地說：「妳別對我生氣啊。」我把脣湊過去。

「休想。」周祤單手摀住我，瞪了我一眼。

我委屈的癟嘴，蹭著她，「周祤——」

「沒用！」

好吧，沒用就沒用，於是我自討沒趣地撲向床，這才發現哪兒不對勁……我猛地抬起頭，不可置信地問：「為什麼是兩張小床！」

周祤擦著化妝水，理所當然地說：「因為我們還在吵架，我不要跟妳睡。」

我哀怨瞪她一眼，臉埋進枕頭裡哀號：「好啊，周祤，算妳狠！」

真別惹周0生氣，字典裡沒「心軟」二字。

我抱著枕頭看著天花板，隨口一問：「周0，妳是不是跟 Carla 有發生什麼事？我覺得妳的反應很奇怪——」

眼前大片陰影落下，床墊陷下，腰上多了一個美人。周0伏下身，兩手壓制我的手腕，美顏湊近，輕聲說：「關於 Carla，知道的愈少愈好，妳只要知道一件事——」

指尖挑開我的鈕釦，再從衣襬滑進，撫著我的腹部，低啞道：「我會時時刻刻提醒妳，妳是屬於誰的。」拉開的衣領冷風溜進，我打個哆嗦，溼熱的舌纏上胸口，唇齒吮出一個吻痕。

我才剛摸上周0的腰，她便拍掉我的手，像隻蛇溜下床，我鬱悶。我憋得都要燒壞了好嗎。

周0不過是拉整衣領，眨眨眼。

討厭死了。

「那那天坐在妳腿上的女人呢？」既然都問了，乾脆一次問到底好了。

周0坐回梳妝檯前，瞥我一眼，「她沒有坐我腿上。」

「明明就有。」

一道冷光掃了過來，我一慫，連忙改口：「好好好，我眼殘，我看錯，誰敢坐周女神大腿上是不是？」

周0輕哼了聲，無奈道：「客戶女兒。她就是筆電有問題讓我看看，就這樣。」

怎麼了，她自己的事情就可以三言兩語帶過，我怎麼就不行了？算了，我們的關係才剛剛融冰，我也不找碴了。

我坐起身，扣回鈕釦問道：「今天有什麼行程？我需要準備什麼？」我到現在還是不明白，我這樣一個不重要的小職員，到底為什麼被抓來出差。

周祤優雅地雙腿交疊，邊翻著資料邊說：「我等會要跟客戶開會，妳不嫌無聊就跟來吧，雖然與妳的專業無關。」

「我如果不跟去能幹麼？」

「這裡有健身中心、購物中心，還有個游泳池，有興趣？」

我雙眼發亮，「有游泳池啊？那我去游泳好了——」我說得正開心，周祤凌厲的視線又掃過來，我縮縮脖子，怯怯問：「怎麼了？」

「妳是想到泳池泡妞吧。」

「才沒有！」

周祤不置可否地看著我，「妳還是跟我來吧，我不放心把妳放在這。」

怎麼說得我好像是什麼肥美的肉塊，擔心我的人身危險似的……

「我偏要去游泳！」我又不是小孩子，可以照顧好自己好嗎！

周祤挑眉，懷疑的視線上下掃視，「好吧，不然妳在那也會讓我分心，待在這也好。」

我拚命點頭，乖巧得很。

周翙放下資料，忽地朝我伸出手，拉過我的領子，脣瓣攫取我雙脣，我毫無防備地在她的攻勢下融化，輸得一敗塗地。我被吻得七葷八素，在她鬆開手時，我見著了她迷人又邪魅的笑容。

「充電完畢。」周翙笑說。

哪、哪有人這樣的……

周翙吃了我打包進來的食物後，換好衣服出門談生意去了，沒到傍晚不會回來。她離開前再三叮囑我凡事小心，別再粗神經。

我笑她像個老媽子，我這麼大的人能出什麼事?送她出酒店後，我走回酒店裡到處亂晃，覺得這裡就像座城堡，奢華又漂亮，應有盡有。

晃了一會，我回到房間翻出我的泳衣，喜孜孜地找游泳池去了。

我運動神經不算發達，但游泳這事我特別駕輕就熟。我喜歡泡在水裡優游自在的感覺，高中與大學我都常往泳池跑，不過出了社會就沒什麼機會了。

我循著指示找到泳池，不禁暗嘆這兒真漂亮。

泳池這時間人倒是不多，我迫不及待地跑進更衣室裡，淋浴後，泡進水裡時心情無比暢快，與周翙吵架的鬱悶一掃而空。

在我從對岸游回來，準備再游個一趟時，游泳池邊忽地站了一個人。

「蘇。」

我一抖，用手背抹去臉上水珠，視線默默往上移……

「真巧，妳也在這。」Carla 燦爛的笑容映入眼簾。

我嚇得跌回水裡，她慢悠悠地坐了下來，長腿交疊，「妳游泳真好看，妳能教我游泳嗎?」

我真不知道我眼睛該往哪裡擺，然後該怎麼拒絕。

見我木在那，Carla 俐落地下了水，朝我划過來，「不能嗎?不會太久的。」

不，這不是久不久的問題，是被周裲抓到我會死無全屍啊！

她抱著我的手臂，湊近我耳朵，「妳什麼時候教會我，我就不纏妳啦。」

我的眼睛壓根不敢亂飄，可這人都摟上來了，要不感覺到有什麼東西抵著我有點難……

這……大概是比周裲還大吧……

「那、那好吧，妳認真學。」我勉為其難答應了，決定趕緊教完趕緊閃！

♥

我自認我的泳技不錯，雖然教人是另一回事，但也不至於如此挫敗才對……

「咳、咳……」Carla 再一次嗆到水，我趕緊拍撫她的背，憂心忡忡。她的眼眸溼潤，看上去很是楚楚可憐，我無奈淺哂，「哎，我真不會教人，抱歉。」

Carla 笑吟吟地看著我，「蘇，妳對我的第一印象是什麼?」

呃？我們不是在游泳嗎？

我實在無法忽略她殷切期盼的眼神，硬著頭皮回想道：「嗯……很漂亮的金髮。」

那唇邊弧度可真迷人，見我沒下文，她催促道：「還有呢？」

「長得也很漂亮啊……」哎，我又不是中文系出身的，能形容美女的不就這幾個詞嗎？

Carla 略帶不滿地噘起嘴，「除了漂亮以外沒有了嗎？」

「其實這是我們第二次見面……」我很為難啊！

「那妳要不要聽聽我對妳的想法？」Carla 臉上掛著燦爛的笑容。

我默默往旁挪一吋，她又逼了過來，直到我退到了泳池邊，我才尷尬地說：「呃，我覺得我們距離有些太近了。」

然後，她就這麼雙手撐在我身側，將我困在她與泳池岸邊。我驚恐，趕緊說：「妳應該知道我跟周硎是一對的。」

「當然，就是因為這樣我才注意到妳的。」Carla 挽起溼髮，側頭問：「然後呢？」

什麼然後？沒有然後了啊！

我趕緊下潛，這才逃出那令人手足無措的小空間。我一邊划水一邊回：「那、那妳不該……這樣。」

「哪樣？」Carla 划了過來，指尖從我手臂一路上滑至肩頭，「讓妳教我游泳嗎？」

我抹臉，覺得會不會是自己會錯意，那可真糗了，於是我選擇裝傻帶過，「沒事，趕緊再來練習吧。」我指著泳池邊說：「妳兩手撐牆試試。」

「哦。」Carla 笑吟吟地游了過來，照我所說的兩手撐牆，可一直浮不起來，不得已我只好將手伸進水裡托起她的腰，「放鬆，憋氣，讓身體漂起來看看。」

「妳能再用力點嗎？」Carla 拉住我的手腕，癟嘴道：「我真浮不起來，需要妳幫忙。」

我看了看，游到後邊一點，兩手托著她的腰慢慢上抬，「妳再試試。」

我內心是萬隻草泥馬奔騰而過，簡直煉獄，這姑奶奶到底何時才肯放我走呢？忽地，水花濺起，我趕緊回神，下意識地上前抓住，「沒事吧？怎麼了？」

Carla 可能是太緊張，四肢纏上我，我趕緊托住她，藉著水的浮力將她向上抬，急問：「妳抽筋了是不是？還好嗎？」

所幸她背後便是鐵梯，還有個能支撐的地方。見她臉色無恙，只是稍稍蒼白，我鬆了口氣，欲鬆開手時，卻發覺我的身體動不了！

Carla 一派從容地靠著鐵梯，竟是雙腿纏上我的腰，我根本沒法走。我的心咯噔了下，有些不太好的預感……

「蘇，是我不行嗎？」

呃？我呆呆地看著她，「不，是我不會教人，妳若換個好教練——」

Carla 食指抵上我的唇，「小笨蛋，我說的，是更深入的東西……」

Carla 單手伸到後背，泳衣上截隨即一鬆，在春光流瀉前，我下意識地扭過頭，單手遮在自己眼前，根本沒膽看她。

「不行嗎？嗯？」那拉長的尾音可真酥。

可我只覺得怕，怕死了！我搖頭，心裡有些慌。

「為什麼不行？妳不過是比較早遇到周翎而不是我，今天換作是我先遇到妳了，結果一定不一樣。」

「可是，這不是先來後到的問題。」我輕嘆口氣，哀怨地轉回頭，看著眼前嫵媚動人的Carla，再看看那還稍稍遮得住胸前的泳衣，想著等會要是她再解了脖子後面那結，我可真完了。

在她撲過來前，我深吸口氣下潛，雙手向前繞到她後背，重新把泳衣繩子繫回去了。

我再次仰頭出水面時，便見到了呆滯的Carla，我伸手摸摸她的頭頂，「聽我一句，下次別再這樣了，妳剛認識我，怎麼知道我是怎樣的人？要是我真的心懷不軌，妳現在就完了。」

Carla握住我的手腕，不可置信地問：「妳怎麼能完全無動於衷？」

我輕輕掙脫，也因為這一個空檔，她的長腿又纏了上來，距離急遽縮短。

她似乎是急了，雙手挑逗地撫著我的臉，在她想送上熱吻時，我單手遮住她的嘴，無可奈何地看著她。或許是我表現得太淡定，Carla終於忍不住高聲質疑道：「我自認自己不比周翎差。」

「是啊，妳也很漂亮。」我不諱言地說。

「那——」

「但妳不是周琍。」我說得緩而慢，「妳不該這樣糟蹋自己，妳明明也是那麼好的女人。」

Carla 纏著我不放的長腿鬆了開來，我也沒急著遠離她，只是按捺住逃跑的衝動柔聲勸：「世上多的是比我更好的，況且我有周琍了。」

「妳是第一個這麼向我說的人。」Carla 的笑容多了幾分苦澀，「明明以往我看對眼的，都沒失手過，怎麼就在妳這裡踢到鐵板了。」

我刮刮鼻梁，傻笑。

「蘇，我不介意當妳的地下情人。」她張開雙臂朝我撲來。

我沒躲開，因為怕她跌進水裡又嗆著了，於是接住了她，但立刻回絕說：「但我介意，這樣對妳不公平。」我向後退幾步。

Carla 輕靠在我身上，凝視我，「妳真的，很特別呢。」

「嗯……或許吧。」我輕輕拉開她，水波蕩漾。「而且，我捨不得讓周琍難過。」

「真希望早點遇上妳。」她單手撫上我臉頰，不帶挑逗意味。

我苦笑，「謝謝妳的抬愛，但早一點遇到妳，這件事也不會改變的。」

「沒錯。」

我一抖，水聲嘩啦。

臥槽，那是周琍的聲音！我瞬間寒毛直豎，正想往前滑來個走為上策，腰卻被人從後攔住，往後拽進水裡，雙頰捧起，我就這麼被周詡在水中強吻！

我瞪著不該出現在這的她，喝到了好幾口水，一出水面我便猛烈地咳，趴在岸邊渾身虛脫。

可周詡沒讓我停下的意思，從後貼近，雙手摸向我的胸口隔著泳衣揑揉。我瞪大眼，只覺得自己很危險！我抓住一旁的鐵梯想往上跑，可她拽住我，低啞道：「還想跑？」

我坐在鐵梯上，瞧了瞧口水，一對上她風起雲湧的美眸，覺得大事不妙了……而那個始作俑者早已上岸，並朝我拋個媚眼！

「蘇懿茜。」周詡扳過我的頭，瞇起眼，語氣危險，「妳再看一眼試試，看我會不會把妳眼睛挖出來。」

好可怕……周詡好可怕……

她不顧這裡是公共場所，但我顧！她就不怕在這把我扒光光會剛好有人闖進來嗎！

對此周詡不過是慢悠悠地說：「外頭貼著『游泳池清理中』所以沒人會進來。」頓了瞬，她又說：「妳太小看Carla了。」

這是什麼值得誇耀的事嘛！

我哀怨地看著周詡，「妳為什麼會出現在這？妳不是正在跟客戶開會嗎？」

周詡上下掃視，語氣低了幾分，「怎麼？覺得很可惜？」

可惜個鬼！我又不是不要命了！

周翖滑向我，四肢纏上我，怎麼覺得這場景似曾相識……等等，這代表……

「是，Carla 一下水我就在這了。」

我倒抽口氣，渾身寒毛直豎，周翖露出人畜無害的笑容，「嗯，妳還能在這是該慶幸，要是妳真做了什麼，那妳現在就會消失在這世界上了。」

周翖是認真的，肯定是認真的……

我打個寒顫，開始掙扎，「妳為什麼不一開始就出現！妳知不知道我——」我後面的抗議全沒入了周翖脣吻之中，她的吻帶些涼意，有些澀。

我被吻得喘不過氣，不過一瞬，她下潛入水，藉著水的浮力輕易地抬起我的雙腿挺入其中，因為這姿勢我不得不夾緊她的腰腹，等我緩過神來，便見到她得瑟的笑容。

「哦，被夾的感覺還不錯。」

不，拜託，別說了。

周翖不吃我裝傻賣萌這套，擺明了「老娘就是來跟妳算帳的」，我欲哭無淚啊！她雙手摸上我胸口，輕輕搓揉，我立刻輸得一敗塗地。

「哎，泳衣真礙事。」

周翖瞇起眼，兩手直接挑開泳衣肩帶，我睜大眼瞅她，雙手護在胸前，因水的涼意襲來我打個哆嗦，「周翖！妳要在這做？」

周翖笑得不置可否，「嗯？不行嗎？」更進一步低頭埋入胸口。

我簡直是砧板上的魚肉任她宰割！我瑟瑟發抖向她抗議：「不行啊！泳池多髒啊！」

「哦，可是我忍不住了。」周祤的聲音聽上去有些模糊，舌頭一纏上乳尖，我渾身都不對勁了。

我推著她的肩膀一邊喘氣道：「妳、妳忍不住個屁！哈啊……妳絕對是瘋了……嗯……」

「彼此彼此。」周祤兩指揑起嫣紅乳果一邊瞧我，「這裡為什麼硬了？嗯？是有感覺了？真色啊小蘇。」

色個屁！這是基本的生理反應好嗎！

「妳要是嫌髒，早該在 Carla 纏上時就推開人家了，不過妳沒有呢。」周祤說得很輕，我卻覺得是暴風雪襲來。

我被她翻個身，背對著她，她從後貼上，手掌貼著我的腹部往下滑——

「是不是因為很多天沒做了，所以溼得比較快？」

臥槽，誰泡在水裡不會全身溼？我沒力氣吐槽她，手抓著鐵梯承受她的肆虐。指尖一挑開褲縫，我一縮，指尖滑入幾吋，我倒抽口氣。

「哎，真色，我都還沒摸摸妳倒是急著吃我的手指呢。」

「妳別說話！」我扭過頭瞪她，美顏逼近，手指一攪動我便是潰不成軍。

下頷抵在我肩上，她問：「妳說，我跟 Carla 誰比較漂亮？」

「妳漂亮，當然妳漂亮！」我又不是想死。

「哦？」周翙抬起我的一條腿，指節推入幾分，「那誰的比較大？」

呃，這真是好問題……機智如我，趕緊表明立場，「我不喜歡大胸部啊！我覺得剛剛好就很好了！」我對自己的回答是挺滿意的，可周翙氣壓低了幾分，手指也不動了。

我是不是又說錯什麼了……

「所以，換句話說，妳覺得 Carla 比較大就是了，那妳是怎麼知道的？」

什麼叫自掘墳墓，就是在說我這人。我要是剛剛說「我不知道」可能就可以了事了，但我沒有……

周翙再次把我翻到正面，昂了昂下巴，「上去。」

我覺得我這一上去就不用下來了……事實證明，我這一上去，就立刻被周翙推倒了。我的後腦勺還撞到了磁磚，我哭。可我根本還來不及喊疼，周翙就撥開我的泳衣，湊近腿間，舌尖纏上我毫無防備的幽處。

周翙說得對，一陣子沒做愛我變得極其敏感，更是渴望與她親近。

「周、周翙……不……等……哈啊……」

周翙根本沒理我，只是稍稍抬起頭，我便感覺到有什麼摸上那兒，很快地我便知道那是她的手指，而我在她的雙方攻勢下兵敗如山倒。

游泳池將我的呻吟放大數倍，自己聽著都覺得害羞，可我控制不了。

周翙抬起頭，指節沒入，我一抖，對上她蘊滿情欲的雙眸，心無法克制地亂跳。她的手沒停下，只是緩了。伏下身，周翮攫取我的雙脣，帶著淡淡的澀味與腥味。

以往的周翮是狂風暴雨，我是風中凌亂的落葉承受她的暴雨之勢，可現在的周翮放慢節奏，太、太慢了……我能感覺到她的指尖慢慢的磨著、繞著，折磨死了。

「周翮……」我拉著她的手腕，委屈地看著她，「妳、妳……」我說不出口啊！周翮眼梢勾人，低啞的嗓音魅惑誘人，「想要我快點嗎？」

我用力點頭。

「那妳試試吧，我要是滿意什麼都給妳。」

我當下沒能明白什麼意思，可當周翮解開上下衣，全裸的背對我，跨坐到我胸前時，我的胸口狠狠一緊，差點流鼻血。

這、這太刺激了吧，居然是數字式……

第十章

好，我知道你們都在想什麼，肯定以為我與周女神會在游泳池翻雲覆雨，天雷勾動地火之類的……我本來也這麼覺得——直到我在床上醒來。

我眨眨眼，這發展峰迴路轉讓我有點消化不良……而我後知後覺發現，我的鼻孔被塞了兩坨衛生紙。

我抽出一看，上頭沾滿血，差點暈過去。

我不喜歡血，連帶著生理期是我身為女人唯一痛恨的事，不是因為會不舒服，而是我不想見血，這也是當初為什麼我沒往三類組攻讀的原因之一。

我扔掉衛生紙，頭有些疼。

好喔，現在到底發生什麼事了？然後我聽見刷卡的聲音。

周女神走進房裡，四目相迎的剎那，她掩嘴憋笑，坐到我床邊，「妳醒啦？清純的小蘇。」

「呃？」

周矞趴在我胸口上笑得開懷，「哎，我都不知道對妳來說六九有這麼刺激，我才剛坐上去沒多久，妳就流鼻血暈過去了。」

靠北……我推開她，滿臉漲紅，埋進棉被裡覺得想死。

時間拉回半小時前，那個興致高昂的周女神要來嘗試新姿勢，可憐我這毫無心理準備的菜逼八直接被刺激得暈過去。

周女神表示不可置信。

糗，真糗。

「等等，那妳是怎麼帶我回房間的？妳揹得動我嗎？」若今日周裀是一個成年男子，我是不會問這問題，但她不是。我疑惑地看著她。

她目光閃爍，沉默了幾秒才說：「就，有人幫忙。」

「誰？」

「晚點妳就知道了。」周裀明擺著閃躲。

我坐起身，瞇起眼瞅她，「周裀，妳又瞞了我什麼？」

周裀單手遮住我的眼辯解：「哪有什麼，既然妳現在醒了，是不是該繼續了？」

我趕忙用棉被包裹自己，瞪大眼，「繼續個屁！」

方才與周裀在泳池邊浪的過程一一浮現於腦海中，我真覺得臉熱的可以來煎蛋了。

周裀似乎也感覺到了什麼，跟著靜下。

我倆同時看向對方，無聲凝視。

晚風徐徐，溜進落地窗的涼風摻些涼意，似乎捲著一絲花香而來，又或者是周裀身上的馨香。

等等，周祤身上的香味？

我傾身往她脖頸嗅了嗅，抬起頭訝異問：「妳噴香水？妳不是不噴香水的嗎？」而且這味道我沒聞過，我絕不會認錯。

周祤呆了幾秒，拉開我，「哪有的事，就是酒店的沐浴乳味吧。」

我皺眉，「不是，我也有用這裡的沐浴乳，味道不一樣，妳身上更濃烈、更甜膩……」周祤別開頭，我心裡覺得古怪，喚她一聲，然而她不應。

「我渴了，裝點水喝。」

見周祤心虛想跑，我起身拉住她向後拽，順勢壓到床上，自上而下盯著她，「周祤，妳知道我不喜歡妳這樣。」我覺得此刻的我可說是攻氣十足。

可周祤就是周祤，一眨眼就恢復神色，撥撥頭髮邊應：「嗯，我知道啊。」

妳知道個屁！我瞪她，往她肩膀咬了口，聽見她疼得「嘶」了聲，我就心軟了，鬆了口，舔一舔。我再挺起身子，呼吸一滯。

她拉下自己的細肩帶，露出白皙水潤的雙肩，再將衣領稍稍拉低，內在美若隱若現。那張絕世美顏更是嫵媚撩人，我不禁嘆：周祤啊周祤，我彎了真是有道理。

周祤指尖輕碰我的眉間，笑問：「怎麼皺著眉？嗯？還生我氣？」

我握住她的手，親吻她的手掌含糊答：「第一個遇到的就是妳，標準也太高了，往後再遇到誰都沒法心動了。」

「妳還想嘗試誰，妳倒是說說。」纖細柔美的手指捏上我的臉頰，我疼得求饒道：「不敢，我哪敢呢！我的意思是，未來妳不要我，我就找不到別人啦。」

周翊鬆開了手，目光深沉。

「小蘇，妳能照顧好自己的。」周翊抱住我，聲音柔媚滲骨，聽得我全身酥軟，「現在，妳能照顧我這嗎？」她拉著我一訪芳處，溼得一塌糊塗。

她張開腿，呻吟嬌軟，見她如此我是想問也問不了，只想對她俯首稱臣，取悅她、討好她，就為見見她的笑容與失控。

後來再見到誰，都比不上周翊的美麗。

她推倒我，主動跨了上來，循著我的手指，隨著她的腰放下，指節慢慢地沒入花心。薄汗涔涔，美麗的臉上像是帶著痛苦又似愉悅，周翊雙手攀上我肩膀，腰肢前後擺動。

「蘇、蘇……」她像個女王般高高在上，可是在我身下淩亂放蕩，這讓我感到一絲驕傲。

她摸上我的臉，凝視我的眼眸，低聲說些浪蕩的話：「我喜歡妳插我。」

哎，這女人就是個妖孽！

我抱住她，抬起她的腿，指尖深入淺出，攪動著周翊的湖水，水波蕩漾。

「周翊。」

顫簸中，她聽見我的喚聲勉強睜開眼，眼神示意我繼續說下去。

「我真的，好喜歡妳。」

周祤呆住，我伏下身，用盡最後一絲力氣抽送，她的呻吟凌亂，我的動作也是。她摸著我的臉頰，親吻我，綿密的、柔軟的，繾綣難捨得彷彿是最後一次。

♥

晚餐也是在酒店一樓的 buffet 用餐，而當我一踏出電梯，一跟姜經理對到眼時，我嚇得下巴都要掉了。

「嗨。」姜經理笑吟吟的朝我揮手。

我錯愕地轉頭看向周祤，試圖從她這兒撈出答案，然而她不過是給我一個輕鬆的笑容，挽著我走向姜經理。

一坐定，姜經理便忍笑關心問：「身體還好嗎？沒有流鼻血了吧？」

「沒有……呃？妳怎麼知道？」

「下午就是她一起幫忙扛的。」周祤說得極快，我都沒能拉住她便逕自拿盤子夾菜去了。

我看了看周祤，再看看對面眉彎眼笑的姜經理，雖覺得古怪，但也不知道從何問起。

「我去個洗手間，幫我跟周祤說一聲。」姜經理起身，經過我身邊時揉捏了下我的肩膀。

我回頭，只見到她優雅的背影。

見現在也無事可做，於是我也拿起盤子夾菜去。我湊到周祤旁邊開心同她搭話：「周祤，妳盤子裡的那道菜是什麼？我也想吃。」

周翊似乎在發呆，沒聽見我說什麼，我點點她的肩膀她才猛地回神。

「怎麼啦？」

「周翊，妳有心事？」

她沉默了幾秒，笑答：「沒有啊。對了，姜芸是我叫來的，至於為什麼——」

我順著她打趣的視線看去，便見到了姜經理拎著一位熟悉的金髮美人走來。

我一愣，「Carla？她們認識啊？」

「不認識。」不知道是不是我的錯覺，我怎麼覺得周翊頭上長出兩個毛茸茸的耳朵，身後藏不住的狐狸尾巴搖啊搖，「不過現在認識了。」

這一聽就有貓膩，再看看 Carla 一臉不情願的表情，可與一旁滿面春風的姜經理形成極大對比。

我心裡打個寒顫，我就說別惹周女神了吧……

於是這晚餐成了四人一桌，我是覺得對面的兩人有些微妙，還有點……煽情兼搞笑。

「小拉拉，來，嘴張開。」這是姜經理，對，就是她說的話，粗暴地刷我三觀。

「妳到底有什麼毛病！」Carla 一臉抓狂，像隻貓撓撓爪子。

姜經理不為所動，自己吃了口，俯身上演親口餵食秀。

我這可以說是目瞪口呆了……呃，在我昏迷的這段期間怎麼世界都變了？是我起床的方式不對？

Carla 紅著臉推開她，我隱隱約約聽到姜經理說什麼「我人很好，給妳二選一，親手餵跟親口餵妳選一個。」

我默默別開眼，這可不關我的事……

「姜芸喜歡富有挑戰性的事。」周翊單手支著下頷，用只有我倆聽得到的聲音說：「這也是為什麼她對妳沒意思的原因。」

好一個躺著也中槍。

「妳就是美女強勢一點就從了對方的慫個性，這對姜芸來說太無趣了，所以那個 Carla 既然如此飢渴，我就賣個人情給她吧，相信她會喜歡姜芸的，當然，姜芸也喜歡騷一點的。」

周翊，妳別笑容甜美地說這種話行嗎……

由於對面高能，我這心臟太小顆受不住，便趕緊拉著周翊避難去，就怕哪天 Carla 找上門算帳，我會屍骨無存。雖然姜經理也是天菜型的，但是這強銷強賣的作法，臉皮不厚點還真做不出來。

「小蘇，妳也想要嗎？」進電梯時，周翊摟著我的腰，色瞇瞇地問：「我們也來親個。」

「想得美！」我遮住她的嘴，忍不住微笑。

回房後，周翊問我要不要去看夜景，我以為她要帶我去山上，於是我認真找起防蚊液。

她一邊大笑，一邊拉我走出房搭電梯，「上面有觀景臺，我早預約啦。」

我癟嘴委屈地說：「妳又沒說。」

其實能這樣享受兩人時光也挺好的，平日周爾工作忙碌，又是在不同縣市，能單獨膩在一塊的機會真的不多。

迎面而來的風有些涼，周爾脫下外套披到我身上。我牽了她的手，她回握，我倆就這樣慢慢地逆風走到欄杆前。俯望南都，地面萬家燈火璀璨，天上無數星點柔亮，美得讓人移不開視線。

「小蘇。」周爾嗓音輕柔，輕喚我。

「嗯？」

「妳有什麼願望嗎？」她雙手交疊，下頷靠在手臂上，凝視遠方。

「我願望可多了，真不知道要先說哪一個。」

周爾側過頭，笑道：「真貪心。」

「又怎麼樣？」我跟著俯身靠在欄杆上，輕輕靠著周爾。「我就是一個貪心的人啊，什麼都想要，不過……」

抬起頭，我見到了周爾清澈的雙眼，眼底的溫柔清晰可見，令我著迷。

「最想要的那一個，果然還是妳吧。」我說完就想挖個洞鑽進去，太害臊了。

埋進手臂沉默了幾秒，我以為會聽到周爾的回應，可我等了等就是沒盼到，便抬起頭，卻見到周爾五味雜陳的表情，心咯噔了下。

「我以為……妳聽到會很開心的。」我咕噥。

「謝謝。」周翃閉上眼，傾身而來，與我額抵額，「能聽到妳這麼說，真的太好了。」

「……周翃？」

她真的，不太對勁。

我捧起她的臉頰，可她的表情平靜，顯得我大驚小怪似的。我憂心忡忡地問：「還好嗎？妳怎麼好像悶悶不樂的？」

「小蘇，我的工作很順利。」

我跟著點頭，「我知道啊，依妳的能力這不是當然的嗎？」

周翃只是沉默著，安靜微笑。四周靜得很，連周翃平穩的呼吸聲都顯得清晰。

我看著她的眼睛，有個荒唐的、莫名的想法竄入了腦海之中，我呼吸一滯，聲音顫抖地問：「周翃，妳不會是想告訴我，因為妳表現得很好，所以被上頭派去外地常駐，這一去可能就不會回來了吧？妳不會跟我開這種玩笑吧，哈哈……」

周翃單手撫上我的臉，笑容淺淡，「小蘇，妳真聰明，但妳這次猜錯了。」

我的胸口狠狠一揪。

周翃轉過身，背靠著欄杆，仰起頭，「小蘇，接下來的話，我希望妳能心平氣和地聽完，因為我也是鼓足了勇氣……」

「周翃……」

「在我不知所措、徬徨不安的時候，有個人拉了我一把，我一直都不知道怎麼報答才好，所以，當那個人對我提出請求時，我答應了。」

我看著她，鼻頭莫名酸了。

「雖然非常的陳腔濫調與狗血，也知道這對妳不公平，但……」她沉默了幾秒，淺哂說：「我要結婚了。」

然後，我哭了。

月光下，我也清楚見到周翖淚光閃爍。

「——跟妳。」

我哭得一抽一噎，哽咽回：「妳跟我說了啊，我在聽，妳要跟誰結婚去了？」

「哦，好吧，那麼讓他們再複誦一次好了——」

剎那間，四周燈光亮起，我就那樣一把鼻涕一把眼淚，見門口湧出一堆人，手裡都捧著一束花，裡面的每一個人，我都認識。

「周翖要跟妳結婚，傻逼！哭什麼！」他們齊聲喊。

我呆在那，嚇得不要不要的。

「是的，我要結婚了。」周翖走向他們，轉過身，朝我張開雙臂，「跟妳啊，小蘇。」

她的家人、我的家人、我倆的共同朋友們，甚至是同事上司們一起大喊：「Surprise——」

我瞬間腿軟，丟臉得想直接轉身從這跳下去算了……

好一個驚嚇變驚喜，很棒。

「周翃！妳個王八蛋！」我氣得跳腳。

她笑著走近我，吃了我幾拳，將我拽進懷裡，「抱歉，我這幾天輾轉難眠，現在就想把妳娶回家了，妳不會怪我猴急吧？」

我現在就很想謀殺親妻，我認真。

「妳求婚就求婚，可不可以不要搞得像要訣別一樣啊！」我崩潰抗議。

看到這，應該不難看出我這人凡事想得多，雖然個性歡脫了點但沒有看起來的樂觀。尤其心裡有了周翃後，我就特別慫。

「唉唷，我也是會緊張的啊。」周翃摟了摟我肩膀，指腹抹了下我的眼眶，「妳怎麼能弄哭我老婆呢。」

「妳煩死了。」我推開她，瞪她，「誰要嫁妳了！」

「原本就長得很醜了，這麼一哭都見不得人了。」皇太后勾唇一笑，手上的花束遞給我，「別哭了。」

我接過花束吸了吸鼻子，「周翃欺負我。」

「妳不會欺負回去嗎。」皇太后睨我一眼，拿一旁爸爸的花往我頭上砸個幾下，「妳有我這攻氣十足的媽！丟不丟臉！」

「哎，妳家小蘇太可愛了。」周阿姨單手搭上皇太后肩膀，「像妳一樣看起來很可口啊。」

皇太后翻個白眼，而我則是被周阿姨給震懾住了，那流氓笑容跟周翮一模一樣啊……

我默默別開頭，恰巧跟姜經理對到眼，她走出人群送上一個精緻高雅的禮盒，「來，新婚禮物。」

我都還沒點頭答應呢！不過不收白不收。我低頭一看，愣道：「……香水禮盒？」

「是啊，下午周翮見的客戶，就是我。」姜經理淺哂，「還委屈周翮替我試香，畢竟做新婚禮物，我希望妳倆都喜歡。」

我猛地回頭，朝著周翮大呼小叫：「妳幹麼不解釋呢！妳悶不吭聲被我誤會很開心就是了？」

周翮低下眼，「我相信妳會信我，既然如此我也沒必要多說什麼……」

要不是顧及有雙方家長在，我絕對會掐死周翮……好，這事先放到一旁，我與姜經理鄭重道了謝，再看看被拉來湊數的黃副總，點頭致意。

「別這麼拘束，這幾天儘管叫客房服務，帳全記在我這。」黃副總笑道。

「欸？出差有這麼好康的啊……」我訝異。

「什麼出差。」黃副總低笑道：「周翮跟我請的，可是『蜜月假』。」

我倒抽口氣，所有人都知道了，就我不知道！

我瞪向周翮得瑟的笑容，是又氣又好笑。氣她鬼鬼祟祟害我疑心病發，笑她瞞著我做了這麼多。

「那妳剛剛幹麼說那些話？害我以為是指……」我快速瞄了黃副總一眼，趕緊裝沒事。

周祤似笑非笑地看著我，摟著我的腰向大家說：「謝謝各位今天來這一趟，此生能享受一次被錢砸的感覺挺爽的。」

她的直白引起大家發笑，我感動地看向他們，能被祝福包圍的感覺，很好，不過……

「說這麼多，我們可都還沒聽到最重要的答覆啊！」這話是急性子的少爺弟弟說的。

所有人期待的目光宛若四周燈火，那樣溫暖、那樣柔亮，如周祤眼底的星星那般，令我著迷又怦然。

周祤握住我的手，輕輕的。我低下眼，不知道是誰開始哼起歌，像溫柔的手撫著臉龐，輕輕捧起我的心，而我，給了周祤。

「嫁給她、嫁給她、嫁給她……」

四周鬧哄哄的，拱著周祤的求婚與我的答應。周祤美麗的笑容在我心底開出一朵花，我想，那大概會是一朵朵的蒲公英吧。

那樣小巧可愛的白花，一吹即散，乘逝遠方。

「周祤，我何止喜歡妳，我是真的很愛妳。」我說。

周祤臉上出現難得的害臊，我摸上她的臉頰，她握住我的手，磨蹭著，「那麼，妳該給我一個答覆了，雖然我已經知道妳的回答了。」

我踮起腳尖，依在她耳邊說了句話。

周矞抱住我，緊緊的。

拉炮聲、歡呼聲與鼓掌聲不絕於耳，慢慢的這些聲音漸漸淡了，最後四周靜悄悄的。我不知道周矞抱了我多久，我只知道她的淚水沾溼了我肩膀的衣料。

「對不起。」她說。

我閉上眼輕道：「不，這就是妳啊，周矞，我所喜歡的妳，讓我無可奈何又忐忑不安的妳……」

我之所以哭，並不是因為周矞要結婚了，而是直到最後一刻，她仍對我說了謊，這讓我感到心痛。

早在與周矞滾過的午後，在與姜經理吃晚餐前，她曾閉眼小睡，而我無意間看到她手機的訊息，看見了周矞的調職通知信。

周矞即將外派，一去便不知道要多少年才能回來，依我對周矞的認識，我知道她不會跟我坦白什麼，但也放不下我——所以才有這次的求婚。

這場求婚我真的很感動、很感激，可我不能答應，就算我愛她。

周矞淚眼婆娑，但這一次，我也無力替她抹去淚水。

「周矞，妳不能試圖用這種方式綁住我。」我這麼告訴她：「我愛妳，但這樣的妳，我不能愛。」

周矞閉上眼，手中的花束落到了腳邊。

我在周翗耳邊說的那句便是——

「我愛妳，但我不再信任妳。我可以等妳回來，只是現在，我無法跟妳結婚——直到我們都學會怎麼愛彼此之前，還是，先分開吧。」

正因為愛她，所以才不願草草答應她，我相信周翗明白。

我只能用這種方式逼周翗面對我們之間的裂痕，那是她想忽視但我想正視的問題。

周翗睜開眼時，我見到了一片星空。

「蘇懿茜。」

「嗯？」

「妳的名字道盡了我的一生，妳知道嗎？」

她的笑容如風，拂進我心裡時，落英繽紛。

「我只是比妳早些認清這件事，妳早晚也都得知道的，關於妳也喜歡我這事。」

我頓了下，隨即失笑。

周翗捧起我的雙頰，低語：「雖然我倆結局如此，我還是不後悔那個只敢把妳當閨密的我，在見了妳的情動後，忍不住上了妳。」

「直到最後還是這麼粗俗……」我輕笑幾聲。

周翗於我來說是朝陽，是盈月，是潮汐，是星夜，是我所熟悉的一切。

唯一陌生的，是她的喜歡與我有關。

周翊是我放在心尖上的朋友，是住在隔壁從小一起長大的家人，是我看膩的同窗，怎麼樣也不該越過朋友牽手當情人。

但我想……愛，大概是這世界上，最不講理的事吧，所以才讓她霸佔著不肯走，就這麼停留在我心裡……

雖然，周翊也將前往異國了。

我倆從閨密晉升為情人，我也曾覺得很簡單、很容易，開開心心地打鬧過每一天就好，不會有問題的，但是，真的是這樣嗎？

周翊不愛解釋，而我總想太多，真的可以放著不管嗎？

我與周翊的心態截然不同。

我想與她一起平平淡淡過日子，試著學習去愛一個人，因為周翊是我的第一個情人，但周翊不是；她與我求婚，是因為她要走了，她想求個心安。

這令我感到難受。

我愛著這樣的周翊，同樣的，這樣的她我不能愛。

……我們的結局，大概就是這樣吧。

寫到這，我已淚流滿面，闔上筆電。

我站起身走向窗臺，替盆栽裡的花澆了水，忍不住發起呆，想起已經離開的周翊。

周翮離開的那天，我沒有去送機，就怕她捨不得，然後又留了下來，繼續我倆的惡性循環。

我是極其自私又貪心的人，但唯獨面對周翮，我不願如此。

周翮正拚命地往上爬，走到她該去的地方，那裡風景瑰麗，是她值得擁有的，我不該阻攔她。

「小蘇。」

我轉過頭，是皇太后敲門進房。她晃了晃手裡的信封，「給妳的。」

「哦，謝謝。」我接過信封，直接放到抽屜裡，我怕在她面前看，我又會不爭氣的難受了。

皇太后指著我的筆電道：「又在寫些什麼不三不四的東西了？」

「哪有的事，我啊……」我重新走到桌前，掀開筆電，「覺得前陣子的一切像是場夢，我怕自己忘了，所以寫下來紀錄而已。」

皇太后湊近一瞧，皺眉，奪過我的滑鼠，「什麼《閨密上我》完結……妳把人與人之間的緣分想得太脆弱了！好，就算《閨密上我》真的完結好了，那麼──」

在我錯愕的視線下，她點了右鍵新增了一個資料夾，「這樣不就好了，真笨。」

我呆了半晌，忍不住笑了出來。

皇太后在原本《閨密上我》的資料夾旁新增了一個《我上閨密》的資料夾，真狂。

「不過，當時我也有點意外小周會從告白突然變成求婚，但是氣氛正好，我們當然也就順著她了。」

想到那晚，我忍不住微笑，心裡仍感到一絲惆悵。我不是完全沒有後悔過，也想過當時如果開心地答應下來，現在是不是就不會跟周禰鬧僵了？

「拒絕了也好。」皇太后難得溫柔，拍拍我的頭，「我也覺得小周太快了。我不是不相信她的心意，只是她太急躁了，我也希望妳倆先交往再談結婚什麼的，這樣對彼此都好。」

皇太后還是我親媽，跟我想的是一樣的。

「如果小周按著原本的計畫給妳一個正式告白，妳應該是會答應的吧？」皇太后問。

我不假思索地點頭，「告白的話，我當然會答應，但求婚什麼的……我會有點遲疑，我想周禰可能是被逼急了，所以才從告白跳到求婚。」

皇太后聳肩，「我也不是不能理解她的想法……自己前往異國工作，多少會怕妳跟人跑了，所以想先把妳定下來。」

「我以為這才是我需要擔心的事。」我苦笑，「但我想放慢步調，跟她慢慢來。」

皇太后沒應，只是拉開抽屜，將信塞進我懷裡，「拆開來看看。」

我一拆開信封，幾張機票掉到腳邊。我定眼一看，忍不住莞爾，提筆寫下了一句話，寄了回去。

「妳願意跟我以結婚為前提，來談一場遠距離戀愛嗎？」

「我願意。」

獨家番外　藏在眼睛裡

「有些喜歡，無法訴說，不能張揚，只能藏在眼睛裡。而我眼中，從來都只有妳。」

隨著臺詞的落下，我見到小蘇一瞬的呆滯，還來不及高興，她率先露出我熟悉的，足以讓我心跳漏一拍的耀眼笑容。

「天啊！周翊！妳是天生的戲精啊！」一身潔白制服的小蘇湊上來拉著我的手晃著，「我覺得這次畢旅表演我們贏定了！妳一站出來就贏了啊！」

我的視線下移，落在小蘇拉著我手腕的那隻手。我想反握她，滑進她的十指指縫間，可我不敢——

「周翊啊，這是情人的握法，跟妳怪怪的。」有次我貪心了，玩鬧間假裝隨意地與小蘇十指緊扣，她便也隨性地回我，「妳這樣會害我沒男友的！人家看到妳都不敢追我了哼哼。」

我失笑，笑的不是她張牙舞爪的樣子，而是我這點小心思她說對了，卻沒意會到什麼。有時覺得同為女生太方便了些，無論我做了什麼，都能以朋友之名一笑置之。

這是我與小蘇最接近，卻也最遙遠的距離。觸手可及的她，在我心裡，卻是遙不可及的閨密。

這份心意，我竟也只能透過歌舞劇的臺詞訴說，說得明目張膽、說得振振有辭，任誰也猜不到我心裡泛起一陣陣酸疼。即使如此心酸，我還是答應了國中畢旅的歌舞劇表演，因為小蘇，只要有她我便什麼都願意。

「周祤、小蘇。」編劇擔當的溫玫紋雙眼發亮地湊了過來，「我忽然想到，最後要不要來個吻戲！」

「什麼？」

「嗯？」

我跟小蘇同時出聲，我想我倆是截然不同的意思。我按捺住翻湧而上的喜悅，板起臉揶揄道：「我的吻很貴的，要加就好好加——」

「我才不要！」

話都還沒說完，小蘇便漲紅臉反駁說：「我的初吻才不要給周祤！」

我瞅她一眼，幽幽道：「說得妳初吻還在一樣。」

「周祤！那個才不算！」小蘇炸毛的樣子真的很可愛，我忍俊不禁。

「真的啊？給誰啊？」溫玫紋一臉興奮地問，「對方帥嗎？」

我挑眉，微彎下腰，朝著溫玫紋彎脣一笑，「妳覺得我帥嗎？」

溫玫紋怔怔地看著我，臉慢慢地紅了。我大笑幾聲，一旁的小蘇冷不防地說：「妳真的演活了『水性楊花』四個字欸。」

我瞟小蘇一眼，「我都沒說小學是妳強吻我，而且好、幾、次。」

小蘇一副噎到似的，瞪大眼看我，「妳妳妳……」好半天也說不出個所以然，要不是午休結束的鐘聲響起，我是很想順著話題繼續捉弄小蘇一番。

這麼想來，我也喜歡小蘇好多年了。

走在林蔭下，望著眼前相談甚歡的小蘇與溫玫紋，我想著方才的談話。

涼風吹過，樹葉窸窣聲不絕於耳。沙沙作響中，讓人恍忽地想起那年夏天，以及那根蘋果口味的棒棒糖。

從我有記憶以來，小蘇便一直在我身邊，自然像是家人，不，或許是比家人更親的存在——

在她的唇輕輕地碰了下我的唇時，我便知道，一旦看進了這個人，往後再遇到誰，都不及此時嘗到的蘋果味。

「馬麻說，親親是喜歡的表現，對喜歡的人才能親親。」小蘇手上拿著我給的蘋果口味棒棒糖，揚起大大的笑容。「因為妳給我棒棒糖，所以我喜歡妳。」

往後的幾年間，我總記得小小的小蘇曾對我這麼說過，記得她說過的喜歡，記得糖果味的初吻，記得她說……我們是最好的朋友，一輩子。

斜陽落在小蘇身上，一圈淡淡的光包裹小小的身板，扎進我的眼裡，胸口暖熱，感到一絲怦然。

誰只想跟妳當朋友——小蘇在小學收到第一封班上男生送的情書時，我莫名的不開心，並感到害怕，怕她被別人搶走。

怕她的喜歡，不只有我。

放學時，我倆都是一起搭蘇阿姨的車回家，小手牽小手地一起走。那天她想牽我，卻被我甩掉了。

「周祤，妳幹麼?」一張稚嫩的小臉嘛著嘴，吸了吸鼻子，「妳甩我的手。」

我鬧著脾氣，撇過頭哼道：「不想牽。別人也想牽妳。」現在想來，這句話的占有慾簡直要溢出來了。

「可是我只有跟妳牽手。」小蘇眼巴巴地看著我，可憐兮兮地拽著我的衣襬。我看著比我矮半顆頭的小蘇，伸手抱了抱她，「那妳把情書丟掉。」

小學的小蘇還是怕我的，乖順地給我抱著，聲音聽上去有些悶，「可是……這樣好像有點壞。」

我拉開距離，瞅著眼前對誰都好的小蘇莫名來氣，握住她的手說：「那我也給妳寫一張情書。」

放學一段時間的校園，安靜得只聽得見風拂過樹葉的聲音，還有小蘇拉著我往前快走的碎步聲。

小蘇就這麼拉著我走到樓梯旁的暗角，我還來不及問她要做什麼，便見到她那雙又大又圓的眼睛在我眼前急遽接近，下一秒，柔軟的唇覆上我的。

「不生氣。」她說。朝我展開的笑顏明媚，比那日的豔陽更溫暖、更動人。

「小蘇、小周。」一道清冷的嗓音從一旁圍牆欄杆傳入，我倆同時往旁看，只見蘇阿姨摘下墨鏡，穿過馬路走來，「回家吧。」

小蘇拉著我蹦蹦跳跳地走出校園，蘇阿姨一手拉一個牽著我們過街。依稀記得我偷偷覷了眼蘇阿姨，難得見到她沒有笑容的側臉。

「我要坐前座！」小蘇鬆開手跑到副駕駛座，我乖乖坐到後座。一上車，蘇阿姨便彈了下小蘇的額頭，「妳這死小孩。」

那張與小蘇極為相似的面容微微瞇起眼，神情輕鬆，語氣卻難得正經，「以後不可以再隨便親人家了。」

小蘇摸著自己的額頭，委屈地說：「為什麼？是馬麻說會親爸爸是因為喜歡，是喜歡的人就可以親。」

「隔壁的會跑來算帳的。」蘇阿姨揉揉眉心道，「而且，親親這種事只能對喜歡的男生做，以後別再這樣了。」

當小蘇似懂非懂地點頭時，我感到一絲悵然，卻也隱隱感覺到，這樣是不對的。

在沒有人告訴我「喜歡」是什麼時，我的眼睛裡便只看得進小蘇了。

♥

「周祤。」

隱約聽見了小蘇的聲音，我掙扎地睜開眼，揉揉眼睛問：「怎麼了？」午休去排練歌舞劇，方才的國文課我就這麼睡了補眠。

小蘇忽地拿出巧克力在我眼前晃了晃，笑得惹人厭，「呦，周祤，隔壁班的謝孟暘又送巧克力來了。」

我翻個白眼，又趴回桌上，懶洋洋地說：「妳要是拒絕不了，收下了就直接扔進垃圾桶，我明明跟妳說過了。」

「那我能吃嗎？」

我瞅她一眼，微微瞇起，「不准，想吃巧克力我可以送妳。」怎麼能吃別的男生給的？我不允許。

「小氣鬼。」小蘇嘟噥著，欲起身的她被我拉住。

我壓低聲音說：「別現在扔，人家會以為是妳要丟的。」我一把拿過麻煩的巧克力往抽屜裡塞。

小蘇單手支著下頷，突然笑得意味深長，賊兮兮地說：「妳都沒有喜歡的人啊？」

我默了幾秒，直視她明亮有神的雙眼，兩指攀上她的臉頰揉捏，「我們整天膩在一塊，要是有妳會不知道嗎？還敢問。」

「好啦好啦，我錯了，妳鬆手啊——」

我哼了聲，輕撫她的臉，想起方才的夢。那是好些年的事了，國中畢業在即，將結束一個學業階段，我卻沒能結束自己的暗戀。

我壓抑著這樣的心情，不讓這份感情見光，是我唯一能為小蘇做的。

「妳怎麼看起來很累？」

我揉眼，「剛剛做夢，夢到以前的事情。」話未完，班導便拿著國文課本走進教室，環視四周，忽然定格在我身上。

「周祤，待會下課來一下辦公室。」

話落，全班的目光全落在我身上，包括坐我前面的的小蘇也轉過頭來，投以疑惑的眼神，我聳肩表示不知情。

怎麼也沒料到有這一齣，驅散了我的睡意。我自認最近沒惹什麼麻煩，不只小蘇，連我自己也很意外。

下課鐘響，我站起身走出教室，小蘇跟了上來。

「妳在教室等我就好啊。」

「我不要，誰知道班導找妳要幹麼，我跟妳去。」她堅定地說。我無奈一笑，任她跟來。

小蘇好像總是這樣跟著我走，陪我走過每日的朝陽升起、繁星落下，我早已習慣有她相伴的日子，倘若哪天她不在我身邊了……不，我無法想像。

「進來吧。」班導先一步到辦公室，朝著我身旁的小蘇說：「懿茜，妳在外面等一下。」

不料，小蘇忽然握住我的手腕，「我陪她。」

我一愣，手心的溫熱緩慢地蔓延至胸口，我微微一笑，「老師，我沒有什麼事情是不能讓她知道的。」

班導師也知道我們兩家相熟，默了幾秒，聳聳肩，「也沒什麼，就想問一下妳什麼時候去加拿大。」

我怔住。

不只我在意料之外，小蘇也是。她怔怔地看著我質問：「什麼加拿大？妳要去哪？」

一時間，我有些回不了神，不知道發生了什麼事。

班導見我神情訝異，收起幾分笑容，疑惑問：「妳媽媽今天打給我聊這件事，妳不知道？」

「我不知道……」

那天下午的課我上得心神不寧，小蘇也是，這是我第一次這麼渴望放學，想當面找我媽問個清楚——

「沒錯。」我媽的手輕輕覆在我的手背上，認真地看著我，語氣嚴肅，「抱歉，這對妳來說可能有些突然，但我們想等確定後再跟妳說，所以一直沒有提。」

一想到這意味著我和小蘇必須分隔兩地，往後的日子可能見不到那明媚的笑容，我便感到不捨。

「真的……一定得離開嗎？」我問。

我媽似乎有些意外，默了一會，點頭嘆道：「哥哥他結婚後，應該就定居在加拿大了，那裡的環境我想比這裡更好。妳先跟我們過去幾年，真不習慣之後再回來念書吧。」

我能從她的語氣感覺到妥協，我也知道我無法改變什麼，可我就是捨不得……

我既沒有點頭，也沒有搖頭，只是想起了小蘇。

叮咚。

那是門鈴響起的聲音。我去應門，當門一打開，小蘇擔憂的面容映入眼簾時，我的心狠狠一緊。

「我……」

「進來吧，一起吃晚餐。」我媽從後頭走來，左右張望，問：「蓉呢？」

「不用啦，阿姨，我是自己來的，我只是來找周祤而已。」面對我媽小蘇好像總是這樣不自覺緊張，看上去有些拘謹。

「妳等一下。」我媽落下這句話後，便往回走進廚房不知拿些什麼，而我直直地看著小蘇，有許多話想說，卻怎麼也說不出口。

不一會，我媽便拿著禮盒走回來，「幫我拿給妳媽媽，這是上次客戶送的。小祤，妳陪小蘇走回家吧。」

小蘇道過謝後，我便與她相偕走出大門，慢慢往蘇家走。我曾慶幸兩家之近，彷彿小蘇會一直待在我可以找得到的地方，不會離開。

「周翊。」

「嗯？」

「妳真的……要去加拿大嗎？」

我停下，在她問我這個不想面對的問題時。街燈投下的溫暖黃光，使小蘇本就清麗的面容更顯溫柔。

見小蘇露出難得的不捨，我忍不住多看幾眼，要不是她微微皺眉，我或許會這麼一直看下去。

「我媽說已經決定了。」我勉強擠出一個笑容，伸手揉揉她的臉，「妳以後別給人欺負啊，只有我能捉弄妳。」

小蘇低下眼，微嘟嘴，拉著我的衣襬一語不發。沉默了一會，她問：「什麼時候走？」

「國中畢業後。」

小蘇抬起頭，直直地看進我的雙眼，忽地一笑，「那好，我們畢旅要大玩特玩，妳別想睡覺！」

我一頓，啞然失笑。

這就是我喜歡的小蘇，是一道強而有力的光，不顧我的意願直照進我的心底。

使我掛懷、使我心動，好些年念念不忘。

♥

畢業旅行的晚會每班都會準備一段表演，這是學校傳統。原本，我是不答應參與演出的，我不喜歡被人注目，直到小蘇被拱著當另一位女角，我便佯裝隨意地說：「好啦好啦，不過就演戲，我演啦。」

幾位籌辦的女同學低聲歡呼，我輕笑幾聲，其中一個湊過來問：「怎麼忽然改變心意了？」

「想想這是人生唯一一次國中畢旅，而且劇本其實還滿有趣的，我就試試看吧。」這是實話，卻不是全部的實話。

我看向正興奮地喋喋不休的小蘇，微微一笑。這個人，才是真正能影響我的理由。

說來這次的劇本真的很有意思，負責編寫的溫玫紋平日就愛寫些散文新詩與小說，由她當編劇我一點也不意外。

本來我們的畢旅表演只是全班一起跳舞，但是為了提高勝率，溫玫紋想出歌舞劇，班上同學都覺得好玩便欣然同意了，於是在原先的舞蹈中加入了「搶親」劇情——

沒錯，小蘇是被搶的那個，而我是去搶親的，且是女扮男裝。雖然我覺得女扮男裝滿有趣的，但一想到是那些女生滿足私慾想看我穿男裝，我便有些無奈，覺得好氣又好笑。

劇中是小蘇被逼婚，而我路過被她隨手一指，就這麼變成了她男友，要來上演搶親。

為什麼不直接找個男生來搶親呢？溫玫紋說：「周祤啊，妳穿男裝肯定是班上最帥的，而且沒人見過妳扮男裝，一定會帶來表演高潮啊！」

我瞅了眼小蘇，嘆了口氣，點頭答應了。畢竟，上演搶親這事，某種程度上來說的確有可能是我會做的事。

至於小蘇為什麼會是另一位女角呢？因為小蘇的舞技直接輾壓其他女生，再加上她個性逗趣，效果肯定很好，我也想不到有誰比她更適合出演主角。

我喜歡小蘇跳舞的樣子，特別迷人，與平常的呆子形象大相逕庭，少了幾分大咧咧，多了幾分嫵媚。不得不說，小蘇的節奏感真的很好，動作乾淨俐落，讓人看得很舒服。

思及此，我便感到一絲驕傲——這是我喜歡的人，特別好。

「周祤。」

我回過神的同時，迎上了一雙盈滿擔憂的眼睛，又圓又大，明亮有神。

「妳飯沒吃幾口耶，胃口不好？」小蘇問。

「沒有。」我蓋起飯盒起身，「走吧，現在是要去排練吧？」我忽視了小蘇投來的擔憂視線，直直走出教室。

我怕再多看幾眼，就會捨不得走了。我知道去加拿大已成定局，我無法憑著滿腔情感與深深的捨不得說服父母留下，我能做的，就是在還能穿著這一身純白制服的夏天，烙下深深的印記於小蘇心裡，讓她無法忘記我。

我不要我的模樣，在小蘇心裡逐漸模糊。

午休時間，靜謐校園中不絕於耳的蟲鳴顯得特別響亮，一聲又一聲迴盪在我的青春裡。我轉頭一瞧，小蘇正對著我微笑，笑得特別傻氣。陽光穿過樹葉縫隙之間，灑下錯落有致的光點，落在彼此臉上時，我也對她回以微笑。

「小蘇、周祤，妳們快點！」不遠處的溫玫紋正拔高音量喊著，我們趕緊加緊腳步走向他們，一同練舞與排戲。

很多年以後，我仍記得這一切。

音樂、步伐、笑聲以及歡呼聲，還有摟著小蘇細腰時手掌的溫熱，緩慢地蔓延至胸口，在我與她極有默契的舞蹈下，心跳正一下又一下強而有力地跳動著。

這是我與她最安全，卻也最遙遠的距離。正因為我與她什麼也不是，所以別人投來的愛慕之情，我一個又一個拒絕，再一次又一次笑著告訴小蘇，我不喜歡其中任何一個人。

「是嗎？」小蘇喝著謝孟暘硬塞給我的運動飲料，一邊抹汗一邊往前走，「可是他很喜歡妳，也長得帥，整天獻殷勤，我以為妳會被感動。」

我扯了下嘴角，「沒聽過那句『一百次的感動也比不上一次的心動』嗎？」

小蘇陰陽怪氣地一笑，「周祤啊周祤，妳眼光真的很高欸，我會不會二十年後都還吃不到妳的喜酒？不然這樣好了，妳先吃我的。」

我捏了把她的腰，笑語中，我瞅著她，心微微地疼著。

二十年後的我，也許真的……可以試著喜歡別人了。那時的我也三十五歲了，我不知道能不能喜歡上別人，而小蘇或許會嫁個老公、生個孩子，與我繼續當朋友。

不過是想像，我的心就好像被撕裂般難受。那樣的難受，摻著即將離別的感傷，隱隱在心底湧起了，我想都不敢想的衝動——告白。

是不是一旦意識到分別，便會產生可能會讓自己懊悔的衝動呢？

我停下，小蘇又走了幾步才跟著停下，回頭道：「怎麼了？周祤，妳好像怪怪的……」

「小蘇。」我暗自深吸口氣，佯裝自然地說：「畢旅回來後，我有話想跟妳說。」

小蘇眨眨眼，默了幾秒，揚起大大的笑容說：「好啊，我等妳，想說什麼都行，我扛得住的！」

我失笑，鼓起此生最大的勇氣，做了最衝動也最讓我後悔的決定。

♥

畢旅那天，陽光明媚。

下遊覽車後，我頂著難以招架的豔陽，踩著溫熱的沙子，朝海裡走，直到海水淹至腳踝我停下。

海浪一波波襲來，浪花飛濺，我望向那看不見盡頭的遠方，直到餘光裡走進一個人，我才收回視線。

「嗨。」

我微皺眉，對著刻意裸上身的謝孟暘毫不掩飾自己的反感，「有什麼事嗎？沒事的話，我要走了。」

「喂，等等。」謝孟暘湊上來，夾雜令我厭惡的壓力。

我雙手抱臂，往後退一步。

「周祤，我喜歡妳。」謝孟暘勾脣一笑，「妳要不要當我的女朋友？」

我冷冷看著他勢在必得的笑容，嘆口氣，轉身想回班上。不料他突然拽住我的手臂，我正要開口罵人，卻被另一個人拉走。

「周祤，我找妳。」

我一愣，一見到是小蘇頓時放鬆下來。

謝孟暘的視線在我倆身上游移，隨即鬆開手，「我等妳答覆。」便轉身走了。

「什麼答覆？」小蘇問。

「他要我當他女朋友。」我還是忍不住翻個白眼，「自以為是的屁孩。」

「突然覺得太受歡迎也不太好。」小蘇煞有其事地說：「回應不了的告白乾脆就別說了啊。」

我的心咯噔了下，瞅著她的笑容，感到一絲難受，卻沒有因此萌生退意。

我相信小蘇，相信她的溫柔。如果是小蘇，肯定可以理解我的。

直到最後一天晚上的到來，我仍是這麼想的。我換上一身男裝，戴上假髮，看著鏡中的自己，忽地感到一絲陌生。

我摸上自己的臉，一時間竟雌雄難辨。撫過多幾分英氣的面容，想著若我一出生便是男兒身，是不是就不會那麼痛苦了？

我隨手拿起一旁的領帶往脖頸繫，正喬不好時，溫玫紋的聲音傳來，「周沵，好了嗎？」

「我不會打領帶。」我苦著臉說。

溫玫紋噗哧一笑，湊上來幫我打，「不知道為什麼覺得妳有點可愛。妳緊張嗎？」

我搖搖頭。

溫玫紋鏡框下的眼睛似乎帶點審視的意味，沉默了幾秒，她與我錯開視線，「妳最近感覺心情不太好。」

除了小蘇以外，我並沒有告訴其他人畢業後我就會去加拿大，而我相信小蘇也不會說。

我聳肩，「沒事，練舞與排戲讓我覺得很累而已。」此話倒也不假，要兼顧舞步與臺詞還真不是易事。

「好了。」溫玫紋弄沒幾下便俐落地打好領帶。

瞧她動作熟稔，我隨口問：「妳常幫人打領帶？」

溫玫紋笑了幾聲，「算吧，我們該走了。不過說真的，妳穿男裝很好看。」

話落，我便與溫玫紋相偕到進場點，討論聲此起彼落，而我只在意小蘇。距表演只剩十分鐘，她竟然不在這等候。

等了會，正按捺不住擔心想去找小蘇時，她便跑來了。

「抱歉抱歉，我上廁所。」小蘇笑得燦爛，跟四周的人笑語不斷，直到最後三分鐘時才停下。

這幾分鐘對我而言很漫長，只因小蘇竟不是第一時間找我，讓我感覺有些違和，卻說不出哪裡怪。

我望向小蘇的方向，而她只是低垂著頭，側臉若有所思。我深吸口氣，逼自己專心。當主持人念到我們班時，我與小蘇領著隊伍走到正中央。

音樂一下，我們跳著熟悉的舞步隨著音樂律動，但我沒有在小蘇臉上看到笑容——我喜歡她笑起來的樣子，尤其是跳舞時。小蘇的表情嚴肅，我雖然感覺不對勁，但只能繼續跳下去。

第一個間斷，隊伍左右分散，我與小蘇走到臺中間跳起合舞，沒想到小蘇竟然跳錯，我不小心踩到她一腳。

「嘶。」她面部扭曲，但舞步沒停，繼續與我跳著。我原本想暫停，然而在見到那樣的眼神時，我便打消念頭了，即便她眼眶含淚，我也知道她不要我放棄。

最後的 Ending 我們在彩排時始終沒講好要不要加吻戲，然而，小蘇卻拉過我的衣領，離我很近、很近……

口哨聲、尖叫聲在這一刻響徹雲霄，成功引起了表演高潮。我看著小蘇清澈的雙眼，在她要往後退時，我按住她的後腦勺，親了下去。

無論四周如何嘈雜，我都聽得見小蘇細微的呼吸聲，以及她推開我時發出的低咒聲。我別開頭，心裡泛起一陣陣的酸。

我上前想挽著小蘇，卻被她甩開。我深吸口氣，淺哂道：「都是女生有差嗎？小時候我們也會這樣玩啊。」

小蘇停下，冷淡地說：「妳這樣跟謝孟暘有什麼差別？都一樣渾蛋。」走到後邊的燈光下，我才見到她一拐一拐地往前走。

「小蘇，妳的腳怎麼了？」

小蘇口氣不善地說：「不要管我，我覺得妳很煩，離我遠點。」我不明白小蘇怎麼忽然這樣，縱然冷言冷語，我還是強硬地架住她就往外走。

「周——」

「在妳處理好傷勢之前，我不跟妳計較。」我們朝著人群反方向走，我要帶她去找護理師姊姊。

可我這一走，似乎越走越遠。涼風拂過，將我發熱的腦袋吹得冷靜。我輕嘆口氣，「對不起，我沒別的意思，只是在那個氛圍下，我覺得親下去也無妨。」

「是啊，親嘴也沒什麼。」

後邊突然傳來的男聲，使我不禁一愣。我剛轉過頭，就被拽到一邊壓在牆上，背直接撞上了牆。

「所以，我也可以吧？」謝孟暘噙著笑容湊近我，「就親一下。」

「你放開……小蘇！」我一邊掙扎一邊喊著小蘇，在我聽見她的慘叫聲時，心整個涼了大半。

我一邊推開謝孟暘一邊尋找小蘇，只見她跌坐在一旁地上，長木板正壓在她受傷的腳上。

「周翊！」

「謝孟暘！你走……」我使勁推開他，渾身起了雞皮疙瘩，被人碰觸的噁心感教人反胃。他無視我的反抗，抓住我的手腕親著我的臉頰與脖子，邊用下腹磨蹭我，我嚇得眼淚直掉。

「妳可以隨便親人，我怎麼就不行了？我那麼喜歡妳……」

「周翊，蹲下！」

我還來不及反應過來，只是馬上扯開手，蹲下抱頭，頭上隨即傳來一聲巨響以及謝孟暘的慘叫聲。

我睜開眼，見到頭破血流的謝孟暘躺在地上，一旁還有沾血的半截木棍。

小蘇背對著我，渾身發抖，拖著受傷的腳，手上的另外半截木棍仍不住往謝孟暘身上打。我呆了好幾秒才撲上去抱住小蘇，「好了！住手！小蘇！」

我架開她，怕得全身顫抖。我是第一次見到這樣的小蘇，陌生得讓人恐懼。

「小蘇、小蘇。」我握住她手上的木棍，制止她的動作。我抱住她，緊緊的，「妳冷靜下來，別怕。」

「那邊有誰？」

「那邊在打架是不是？」

呼喊聲此起彼落，而我只聽得見小蘇不穩的呼吸聲。

「我沒事的。」

話落，小蘇忽然像顆洩了氣的皮球，癱軟在我懷裡，老師們也在此時趕了過來。

我握住她的手，眼淚直流。

那一刻，我清楚地意識到——我這輩子，只會愛這個人了。

就算小蘇不喜歡我，我注定等不到與她互相喜歡的那天，我也會一直一直喜歡她……

♥

畢旅結束，風波不止。

謝孟暘的傷勢太重，得住院好幾天，相較之下，小蘇腳上的骨裂傷要輕微多了，但於我來說，謝孟暘就算在那晚被盛怒發狂的小蘇打死，也不足以彌補他對我們造成的傷害。

學校亂成一團，到處都在八卦我們三人的事，更堅定了我爸媽想帶我離開的想法，且更為積極，決定過幾日就離開臺灣。

我站在小蘇病床前，安靜地等待她睜開眼。我的視線下移，定格在小蘇右腳的石膏上。

「……傻。」我沒見過這麼傻的人，小蘇是唯一一個。

看著睡得特別沉的小蘇，我的心微微一緊。經過此事，我的想法變得複雜，交錯著堅定與退縮。我握住小蘇的手，指腹輕輕摩娑，「快醒來啊，妳不是力氣很大嗎？讓謝孟暘頭上縫好多針……」要不是沒傷到重要部位，再加上送醫及時，或許小蘇真會揹上殺人罪名。

思及此，我握緊小蘇的手，情不自禁地彎腰親吻她的額頭。或許是我過於專注，所以沒聽見有人走進來的腳步聲。

「周……」

「小蘇！」

小蘇慢慢睜開眼，雙眼迷濛，嗓音沙啞地說：「周爾……妳還好嗎……」我的眼眶一熱，視線有些模糊。

有我的妳，是不是不太好？

我在心裡這麼問自己，一遍又一遍。

我正想離開病房去叫蘇叔叔、蘇阿姨時，轉身，便見到門口站了一個人。

「小周，我們談談。」蘇阿姨說。

我的心咯噔了下，佯裝鎮定地跟蘇阿姨走，我不知道她是不是見到了什麼，但我親得很快，我想應該不——

「小周，請妳不要喜歡小蘇。」

我一怔。

蘇阿姨轉過身來，直直地看著我，眼神淡漠，「如果妳影響她，讓她走上這條辛苦的路，我這輩子都不會原諒妳。」

那一刻，我全身的血液彷彿凝固了。

「蘇阿姨，我……」

「拜託妳了。」蘇阿姨垂下眼，「這是對妳好，也是對小蘇好……這樣太辛苦了，我不忍心。」

我沒有告訴蘇阿姨，我對小蘇的喜歡是抹滅不掉。我喜歡她，好多、好多年了……以後也會這麼喜歡下去，即便我離開這了，也是一樣的。

我告訴自己不能哭，眼淚卻不聽使喚地落下。我走回小蘇的病房，她見到我的眼淚有些不知所措，而我一邊哭一邊笑說：「小蘇，我說過畢旅結束後，有話要對妳說，對吧？」

小蘇點點頭，目光仍然溫柔而明亮。

「小蘇，再見。」我彎腰抱抱她，「我最好的朋友……一輩子的……好朋友……我只是想好好跟妳道別。」

「我等妳回來，周翃。」她稍稍地收緊擁抱，輕聲說：「我也可以飛到加拿大找妳玩，所以妳別哭啊。」

我的眼淚掉得更兇了。我清楚地知道，不是因為分離，而是我決定放棄告白了。

這一放棄，我便不會再說了，也不會再表現出什麼。我會安分守己地做妳最好的朋友。

我會把對妳的感情，藏在眼睛裡，這樣當妳凝視我時，便能在我的眼中，見到我最喜歡的人。

再見，小蘇，

再見，我的初戀。

再見……

後記　以友為名，深愛多年

為《閨密》寫後記的心情其實有些五味雜陳（我堅持僅有「閨密」二字，沒有其他字眼）甚至覺得有些不切實際，然而進入修稿之後才真正地意識到，這個故事真的要付梓成書了。

二〇一八年初，之所以會突然想寫《閨密》，是因為大半夜睡不著……我是說，半夜靈感湧現，於是有了第一篇，緊接著又寫了第二篇、第三篇……這一寫簡直一發不可收拾，從兩千字短文變成了九萬字小說，想來還是忍俊不住。

《閨密》成為我的第三本商業誌還真是料想不到，都不知道是我點滿了運氣，還是POPO跟我的高高編輯太ㄎㄧㄤ，竟然有這機會讓小蘇跟周流氓以實體書的樣貌與各位見面，心裡一面欣喜，一面為這隨興一取的書名感到心情複雜。我都不知道怎麼跟家人說我出書了（汗顏），只能呵呵笑地帶過，說這是關於友情的故事——

此話不假，且真真切切。當初寫《閨密》時，我只想到自己似乎還未寫過守候多年的青梅竹馬角色，且當時頻頻收到讀者詢問「喜歡直女怎麼辦？」，我以為我幾年來的說好說歹（？）可以降低「災情」的發生率，結果似乎不減反增……而我也只能拍拍妳，祝福妳早日脫離這個坑，不然就是掰彎對方吧（不對）。

總之，在揉和多個巧合下，就有了《閨密》的誕生。

在POPO站上連載《閨密》的日子真的很有趣，細想起來，這真是我比較少寫的風格，輕鬆、歡樂、活潑且帶點戲謔口吻去處理「喜歡上朋友」的苦澀。其實，對我來說是一個不小的挑戰，不只是風格轉換的問題，還有怎麼用輕鬆的文字切入其中，用小蘇的視角去看待最好閨密的暗戀，還有面對自己的內心與接受。

《閨密》不只是寫給曾喜歡過好朋友的你／妳，更是寫給那些從未想過會被同性朋友喜歡的你／妳。當彼此之間的友情摻了幾分情愫，該怎麼面對與調適，做出不傷害彼此的決定，我覺得這不是件易事。

每個人都有可能是周翮，但不是每個人都可以是小蘇——倘若有天，妳的好朋友忽然對妳表明心意，可以的話，希望妳能像小蘇一樣，不疏遠對方，認真地看待這份感情而不另眼相待，那就是對待這份心意最好的方式了。

謝謝出版《閨密》的POPO，很榮幸、也很高興這些故事能由POPO出版，在每一次的往來合作，我都能感覺到自己的文字是被好好珍惜的，且在寫作方面總是獲益匪淺。

謝謝高高編輯，這是我與她合作的第三本書，每次出版她總是從旁協助我許多，攬做很多瑣碎事，讓我能無後顧之憂地專心寫稿。若沒有她的幫忙，我想這些故事肯定無法以這麼好的樣貌與各位見面，甚至有機會在你們的書架上佔有一位，真的很謝謝她包容我種種的任性與拖稿（喂）。

謝謝喜歡《閨密》且願意買書的你／妳們！我能有這機會出版《閨密》，是你們一人一句的喜歡領著我向前走，走到我從未想像的瑰麗之處。謝謝你們的喜歡與支持，因為你們，我不只一次這麼想過：能寫小說，真是太好了。

最後，我想謝謝那個堅持把《閨密》寫完的自己。謝謝一年前的她堅持用一個半月寫完《閨密》，才因此找到喜歡這世界的理由。

這世上有一種愛是，我們是最好的朋友。希望以朋友之名深愛著別人的你／妳，都能被溫柔對待，遇到那麼一個屬於你／妳的蘇懿茜。

希澄

國家圖書館出版品預行編目資料

我把妳當閨密，妳卻只想上我 / 希澄作. -- 初版. -- 臺北市 :
POPO 出版 : 家庭傳媒城邦分公司發行, 民 108.03,
面； 公分. -- (PO 小說；33)
ISBN 978-986-96882-4-6(平裝)

857.7 108002227

PO 小說 33

我把妳當閨密，妳卻只想上我

作　　者／希澄
企畫選書／簡尤莉、高郁涵
責任編輯／高郁涵、吳思佳、簡尤莉
總 編 輯／劉皇佑
行銷業務／林政杰
版　　權／李婷雯

總 經 理／伍文翠
發 行 人／何飛鵬
法律顧問／元禾法律事務所　王子文律師
出　　版／城邦原創 POPO 出版　城邦原創股份有限公司
台北市中山區民生東路二段 141 號 6 樓
電話：(02) 2509-5506　傳真：(02) 2500-1933
POPO 原創市集網址：www.popo.tw　POPO 出版網址：publish.popo.tw
電子郵件信箱：pod_service@popo.tw
發　　行／英屬蓋曼群島商家庭傳媒股份有限公司城邦分公司
聯絡地址：台北市中山區民生東路二段 141 號 11 樓
書虫客服服務專線：(02) 25007718．(02) 25007719
24 小時傳真服務：(02) 25001990．(02) 25001991
服務時間：週一至週五 09:30-12:00．13:30-17:00
郵撥帳號：19863813　戶名：書虫股份有限公司
讀者服務信箱 email：service@readingclub.com.tw
城邦讀書花園網址：www.cite.com.tw
香港發行所／城邦（香港）出版集團有限公司
地址：香港灣仔駱克道 193 號東超商業中心 1 樓
email：hkcite@biznetvigator.com
電話：(852) 25086231　傳真：(852) 25789337
馬新發行所／城邦（馬新）出版集團 Cité(M)Sdn. Bhd.
41, Jalan Radin Anum, Bandar Baru Sri Petaling,
57000 Kuala Lumpur, Malaysia.
電話：(603) 90578822　傳真：(603) 90576622
email：cite@cite.com.my

封面設計／苡汩娗
印　　刷／漾格科技股份有限公司
經 銷 商／聯合發行股份有限公司
電話：(02) 2917-8022　傳真：(02) 2911-0053

□ 2019 年 (民 108) 3 月初版
□ 2021 年 (民 110) 2 月初版 4 刷
Printed in Taiwan.

定價／ 280 元
 ISBN 978-986-96882-4-6